时代出版传媒股份有限公司

安徽文艺出版社

哑巴店

作者简介:

许洁，男，安徽宿松人，居合肥、泉州两地。媒体广告人。著有诗集《玻璃那边的风》《哑巴店》。

YABADIAN

许洁 著

哑巴店

时代出版传媒股份有限公司
安徽文艺出版社

图书在版编目（ＣＩＰ）数据

哑巴店 / 许洁著. -- 合肥 ： 安徽文艺出版社,2024.10
ISBN 978-7-5396-8036-1

Ⅰ. ①哑… Ⅱ. ①许… Ⅲ. ①诗集－中国－当代
Ⅳ. ①I227

中国国家版本馆 CIP 数据核字(2024)第 044068 号

出 版 人：姚 巍
责任编辑：汪爱武　　　　　　　　　　装帧设计：徐　睿
··
出版发行：安徽文艺出版社　　www.awpub.com
地　　址：合肥市翡翠路 1118 号　　邮政编码：230071
营 销 部：(0551)63533889
印　　制：合肥禄祺芭印务有限责任公司
··
开本：880×1230　1/32　印张：5.75　字数：128 千字
版次：2024 年 10 月第 1 版
印次：2024 年 10 月第 1 次印刷
定价：52.00 元(精装)
··

目录

辑叁 一棵曾经长坏了的稗子

辑肆　烛光努力保持着光明

辑伍　诗人、评论家评论

序
稻田里就是有麦芒

梁小斌

　　许洁是一位哪怕是树叶落地，也要落出响声的诗人。树叶落地，在一般诗人看来，顶多代表某个季节的来临，既然是某个季节来临，诗人许洁认为恐怕要带有响声，这个响声恐怕就是"铁蒺藜"落地。

　　我宁愿它们都是从树上摔下来的
　　我宁愿它们叮叮当当，伤痕累累
　　我宁愿它们能在林荫道上
　　认真拦住我们的路
　　我宁愿你踩上去时
　　能把一半的尖叫声分给它们
　　我宁愿它们离开故园时
　　都能大哭一场
　　　　　　——《我宁愿落叶是一枚尖锐的铁蒺藜》

树叶落地，能挡住人们的去路，我还是头一次听说。但是刺痛我们前进脚步的，我原以为是落叶，但是它偏不是。原来它是有棱有角的铁蒺藜。寥寥数言，透露出诗人的胸襟里有尖刺。铁蒺藜，它的原始意义就是掷地有声，但掷地有声是远远不够的。许洁坚持认为，铁蒺藜就要挡住人们的去路！平心而论，我们脚下碰到什么，我们顶多嘀咕几声，仍然过去。铁蒺藜的本意不仅是刺伤我们的脚底板，而且是要诗人们看看，刺伤我们的究竟是谁。

一般来说，诗人们为表现自我的博大，都隐匿了心中的尖锐部分，许洁偏不。他在自己创造的一个"间隙"的世界里谋生。让我们讴歌宁愿在"间隙"里生存的诗人。

> 秋天的雷声向原野发出问候
> 闪电把枝头上的留恋照白了
> 窗外骤雨如箭，尘埃和眺望纷纷坠落
> 谁能知晓忽明忽暗的哑巴店
> 在一个守林人荒凉的酒盅里
> 有时是疼痛的树，有时是愤怒的草
> 有时是哐当哐当挖掘不尽的羁途
>
> ——《雷声让我想到哑巴店》

诗歌的确是诗人们展现自我的舞台，这个前提目前为止没有争议。实际上，这给诗歌提出了一个苛刻的要求——如何展现自我，是所有诗人遇到的困境。

　　许洁曾经工作和生活过的地方叫作哑巴店，哑巴店到底是先有哑巴居住，还是先有村庄，难以考证。我认为，恐怕所有进入这个村庄的人，都开始慢慢地学会——不是学会说话，而是学会不说话。许洁，终于成长为一个不再说话的诗人。不再说话恐怕就是许洁的诗歌宣言。不再说话后，许洁所创造的生存意境，必须大白于天下——他在全心全意地为告知而发声。

　　一个哑巴店里面到底有什么样子的声响？

　　哑巴店的雷声、闪电撕裂天空的声音、窗外的骤雨声、树疼痛的声音、草愤怒的声音、挖掘机倒腾的声音，以及园林主对工人的训斥声……这些恐怕都是诗人许洁内心真实的声音。

　　谢天谢地，哑巴店是一幅图画。相互无语的人接踵而至，用眼神打着招呼。据许洁说，哑巴店从前还有寺庙。我甚至认为，曾经从寺庙里抛出来的孩子也是哑巴。许洁在哑巴店里寻觅诗歌的发声，许洁在所有老百姓都不说话的哑语世界里茁壮成长。

　　论及许洁，必须冒出一个关键词：怜悯。在哑巴店的许洁，到底是"铁蒺藜"占上风还是"怜悯"占上风？对于诗人来说，这真是一个重大抉择。开始许洁认为，无论如何，还是"铁蒺藜"最为生动，"怜悯"弄不好容易空泛。千真万确，许洁终于成为一位将"怜悯"作为诗歌主题的诗人。

　　而现在蝉音已远，孤零零的蝉衣
　　紧抓树干，谁能保证它能坚持多久啊
　　　　　　　　　　　——《小雪抒情》（节选）

看到太阳时，已近正午了

绿色笼罩着它。病树——
还在病中。一晃而过的太阳
把撕烂的光，打在它身上
病树皱巴巴的。两只灰蜘蛛
拉起了警戒线，一圈又一圈

——《一棵病树》（节选）

概括起来讲，诗人许洁写到自然静物的生命状态，按照诗人的本意，是想写出哑巴店的呐喊，包括蝉衣，包括病树，包括雷声，也包括树枝相互碰撞的声音。据诗人自己说："我的确曾经在哑巴店雷声大作的时刻，趁着雷声打破了一只瓦罐。"诗人发现，瓦罐里有米粒和铁蒺藜的残骸。"我将瓦罐的碎片重新合拢。重新合拢的'间隙'里逐渐地爬出了两个字：怜悯。"

诗人的心肠终于柔软下来，环绕在诗人周围的全是稻谷。诗人想成为所有稻谷里面的一支"穗"，我猜测他做到了。诗人的家乡叫作五谷庙，据许洁说，那里还真有一座五谷庙。

没有哪一串成熟的稻穗不是表达谦逊的
它们在庙宇四周，犹如我的父老乡亲

今夜星星无数，我只铭记了流亡的那颗
四十多年的愧疚，究竟能滑向何方

无须辨识谁的车辆停驻庙前，三分钟的静默
灯光吸引了一群又一群带有稻香的喜庆飞虫

我承认我是一棵曾经长坏了的稗子
我承认我是一棵立于稻林被众神宽恕了的

轻飘飘的稗子。我的母亲曾经跪在蒲团上
一次又一次地等着西边的金光照进庙堂

——《在五谷庙》

诗人许洁说，家乡的四周全是稻子，麦子很少。《在五谷庙》里，诗人承认自己"是一棵曾经长坏了的稗子"。这不是谦卑，而是坚持把自己化作移植在家乡稻浪里的一支麦芒，并期待在稻浪滚滚里拥抱一望无际的稻穗。

这棵奇异的"稗子"、特立独行的"稗子"，其实就是麦芒。

稻穗里怎么会有麦芒？不会是五谷不分吧？

但是，许洁偏不！

梁小斌，生于1954年，安徽合肥人，中国朦胧诗代表诗人。著有诗集《少女军鼓队》《在一条伟大河流的漩涡里》，散文集《独自成俑》，随笔集《地主研究》《翻皮球》《地洞笔记》等。

我宁愿落叶是一枚尖锐的铁蒺藜

我宁愿它们都是从树上摔下来的
我宁愿它们叮叮当当，伤痕累累
我宁愿它们能在林荫道上
认真拦住我们的路
我宁愿你踩上去时
能把一半的尖叫声分给它们
我宁愿它们离开故园时
都能大哭一场

二○二一

但愿人长久

月亮不只看我，也看千里之外的女子
高山上的月亮照亮高山，流水中的月亮
追逐流水。我倚立窗前，想偷听火车的声音
可是风太轻了，难以载动远方的消息
饮过几杯桂花酒，月亮便在心头晃了起来
她晃啊晃啊，又晃到了对面的屋顶上
我痴痴地盯着她，像盯一件久违的瓷器

二〇二一

看见巢湖

那些芦苇，不是我去年见过的芦苇
而今年，它们又步入老年
比青涩更重，比坚硬更脆

湖水总是隐秘的，有多年的皱纹
一代传递一代。这不经意的流动
默默向往着泊岸时的激动

芦苇傲立。湖边的小船
拴在空空的晒网旁边。我抚摸了一下
试图带走一些斑驳的味道

小鱼小虾们躲在芦苇丛中
看人们不舍地退出堤坝
看太阳慢慢没入归程

二〇一六

在泸州，抑或庐州 ①

在泸州城，酒香都挂在每一条树枝上
每一道砖缝里。暗夜的青石板比较湿润
每一个上坡、每一次拐弯、每一回驻足
注定有三秒的自然停顿。就像爱人的亲吻
短路的火花，谁也摁不住它瞬时的热烈

此刻我正在想念家乡，星光下的庐州
有一群经过长江到达巢湖的怀孕的鱼儿
谁也不知道它们饮过的沱江水，如此绵柔
你不用辨别它们的籍贯，不用猜测它们的
历程。它们把思念变成了更多幼小的孩子
它们相互深爱，如我紧握酒盏的文明姿势

在沱江，有人把一根纤绳从黑夜拉回黎明
"久不唱歌忘记歌，久未行船忘记河"
一天，三天，或更久……我们究竟能忘记什么
在透明的酒杯中，无论星光如何迁徙
我都愿意混淆这两个地名

二〇一八

---

① 庐州，安徽省合肥市别名。

和诗人晏弘题石楠老师画作《月见草》

被诗人晏弘偷看过的几枝月见草
胆子明显大了起来。含过羞的脸
粉底不用那么厚了。自然光柔弱
抚琴人在窗后探首，披红戴黄的
舞者，把优雅举到我的鼻尖之上
此时你可能想到孕育，想到了爱
和朴素的历程，但表达是多余的
无数的欢愉簇拥着，它们的影子
掩盖了一些真相。其实我们不见
已经多年，月见草依然常败常开
像那样一群打了苞的孩子，阳光
雨水，还有众多慈眉善目的关注
是另一种形式的长久描摹与牵挂
这些简洁的线条，把苦难删除了
但苦难还在，手握的生命力还在
一个诗人的磁场还在。月见草啊
远方远吗？驿站和马车还在河边
等待吧？梦中的打马人无法写入
是谁搁浅了嘶鸣？在漫漫长夜里
自然收心的叶子，唯有记忆难眠

此处无法省略

穿越山冈的铁轨
躺在了花朵和藤蔓之中
我发现钻出来的两截
已经锈迹斑斑

二〇二三

一天歌颂一次沙滩

每天一次歌颂，都有你退我进
沙滩的文身是最裸露心扉的胎记
花开和舞蹈，都可以说出
一面风的走向和气息

沙抚摸着沙，一层层地推搡
金黄色的衣。它们有伴娘的气质
它们熟知，鱼与鱼的旅行
与内心的激越和隐退多么有关

但潮水依然会回来
倒下的船桨和贝壳也会回来
它们紧紧地拥抱沙滩
就像拥抱情人，或者歌颂母亲

二〇一六

影子

一点一点地移动，从空气里
真实地投射到地面

重重的幽暗，在光亮的背景后面
是一种显而易见的高贵
太阳把影子交付给我
我又把自己交付给大地

这是一个过程，从一种心灵
抵达另一种心灵，总是那么自信
充满温暖与激动

我热爱这影子，热爱这对比明晰的
时间。在一堆堆蠕动的黑色能量之中
我的爱情也在蠕动

（而这样缓慢与悠闲的色调
却怎么都不会渗进泥土与水中）

在太阳底下，我的手和我的头颅

都只是道具，只是一种存在的前提
当一幕戏剧终了，他们的形象
都将在太阳之外

一九九四

失落在夜晚的蔷薇花

可疑的汽车狂奔着，高速公路上
处处有我搜寻的影子

失落的花朵，一路开放
由南至北，从乡村到城市
开满了无人撑持的天空

夜色——是一个婴儿的啼哭
在我孤寂的位置上
谁人的蔷薇悄然降临

众多的痕迹，在想象之外
众多鲜艳的种子，阳光的梦
擦亮了静若止水的时间

铁皮屋里，人满为患
一阵最后落寞的风
改变着我艰难的姿势

二○○三

焊花滴落

当身体有了连接的距离，一支电焊条
足以修补它的缝隙。在这个充满欲望的
都市，需要的电焊条实在太多了

遗落的电焊渣，丢失的不仅仅是汗水
还有岁月、健康和爱。弧光之外
多少亲情被彼此照亮

在一个老焊工的眼里，一把焊渣
就是一袋沉沉的银子，它的分量
丝毫不比自己刚满月的孩子轻

焊花滴落，在这个美丽的夜空
回家的月亮，在高处时隐时现
一次次碰撞，虚构着一个个私密的亲吻

南方的工地尚未竣工，北方的第一场雪
不小心崴伤了老娘的脚。老娘啊
儿子回家了可能焊接您的伤口呢

二〇一〇

破碎机

把所有不合格的梦都扔进去吧
……要回家了

路费上涨了，十二个小时的大巴
它的嗓音，不比这台破碎机沙哑

废弃的鞋底，一百分贝的钝响
敲打着这个冬天归途的凹凸

谁也不希望它戛然而止
要紧的是加大马力，咬紧牙关

年复一年地守候机器。别冷落了孩子
让亲人的心破碎……要回家了

一个不再年轻的劳动者，就像一台破碎机
把所有不合格的路都扔进去吧

二〇一〇

切割机

切与割，让人想到的是分开
或者分离。一分为二

我更愿意看见事物的内部
平整，紧致，布满纹理

之中没有闪电。秘密
总将暴露于双手用力之时

但茫茫人海之中，又有几人
愿意被打开

二〇一〇

烤箱

鞋厂的烤箱是回收鞋底的
与美味无关。被烤的鞋底
整排整排地猫腰进去
如返乡时蠕动的人群

层层热浪，是一条必经的路
物质与物质的分离，取舍
只在毫厘之间。传送带上的匆忙
是废旧鞋底赶集的写照

一拨人走了，另一拨人
接着撕开鞋底的皮肤
当行走的鞋子不再行走
工棚外刺眼的太阳
始终都是心头那块变形的银

二〇一〇

砂轮机

几步之内
也许你能得到它的光

美丽的火花
生了又灭，灭了又生

"删除一些锋利的成分，
认真磨去粗糙与不平"

在一个工人的手上
事物都在往好处旋转

一件规整的器物
终能让生活摸得着、握得住

二〇一〇

在殡仪馆

清晨在太阳底下哭送一个正在飞升的人
凝聚了彻夜的晶莹露珠。在等待的间隙
殡仪馆的天空中有数以万计的鸟儿盘旋
它们正步罡踏斗，仪式感让我顿生安慰
此刻，一行人捧着空盒子走上水泥台阶
另一行人捧着木盒子走下来。台阶很轻
空落落的，轻得让你忘记那堆灰烬里的
坚硬之痛。今天的时空似乎不是真实的
他还坐在那里，爽朗谈笑。这不是幻象
他正襟危坐，云朵似的，可风一吹他就
走了。在这个交易大厅，你得不到完整
的自己。哭疯过的人，将试图把心捆紧
学习那些上下翻飞的鸟儿如何扑打身躯
如何把自己送去洗礼，又如何悄悄飞回

口红患者之一

玻璃大厦把今天下午四点钟的阳光集中搬运到我的桌前
对面的樱桃红在不停地推销着，专利、税收和高新政策
在空气净化器旁边不断潮湿。我盯着那种红，盯着对方
那像极了旁边长条画案上印泥一样始终还没有落脚的红
找不到哪一幅画可以接纳。而此刻窗外疲惫的云彩明显
有些臃肿了，原先白色的鱼鳞也被涂抹上了一层迷人的
橙黄色。但西边的热情骤减，黑夜在打捞着多余的话语
樱桃红起身时，我突然想到了种在哑巴店的那些樱桃树
现在都在寒夜里等候着，一个玻璃杯上难以愈合的印痕

二〇二一

口红患者之二

浓郁的土橘色和黑色风衣一样
病了一整天。没有一张干净的纸
可以开心地托付。风衣在风中摆动
深一脚浅一脚的雪痕有时是黑的
有时又很苍白。只有浓郁的土橘色
至少在离地一点六米之上保持冷峻

二○二一

口红患者之三

番茄红和长久牌电烙铁
似乎有着某种联系。通电之后
它们都会保持炽热。番茄红
是不见火焰的红，热烈、勇敢
可以烧穿誓言。有一天
她说她烫伤了两个人
一个是自己
一个是带走她颜色的人

二〇二一

口红患者之四

她把枣泥红吻在一张白色宣纸上
从嘴巴开始，再到鼻子和眼睛
当吻到眼睛时，她犹豫了片刻
那个标准瓜子脸的男人
到底是应该睁着眼呢
还是应该闭着眼

二〇二一

6月3日夜，从安庆江边到北正街"划得来"大排档

打车去长江边看波光的是我，看轮船的
是周斌，邬云依在不锈钢护栏边，静静地
遥望渡口。振风塔在不远处俯瞰江面
比423年前明亮多了。微风再次带来鱼腥味
江水愈来愈隐秘。此时有几个中年练歌者
他们用嗓子吊破了一些黑暗

"这里的轮船比以前多多了。"周斌嘀咕着
他在反复提问这里的江水，到底认不认识
一个在重庆蛰居多年的洄游者？江水起伏不息
孤独的星辰，依然挂在天南地北的高空上
像昨夜北正街的树灯，照亮了一拨又一拨
下凡的女贞花。马路对面的"皇冠喜宴"酒店
在我们路过时，把我们镀成了金黄色

冰凌的一个电话，又让我们挪回到北正街
四平打开瓶盖，李潇左右开弓，冷和热
同时被灌入杯中。又是一次围坐
又是一次看着气泡——破灭的夜晚
挺松醉在女贞树下，周斌歪在

第二千八百三十三首《小童话》^①里

在圆桌中央，江飞点的大盘龙虾披着红袍
红楼的红，让憩园无比激动。他拿起手机
试图唤醒这略显沉寂的江湖，而陈东的白酒
给了他十足的勇气。此刻李显和颂庆也来了
他们的祝酒词暖到发烫，像极了我们的脸庞
凌晨的北正街，还是不是昨夜的北正街啊
是不是三十年前，踩过女贞子的北正街

此时的我们跟彼时的我们相互纠缠着
忘记了回家的路。没有人能够回答我们
如果眼神算是一种，一个叫秀的女子
她的默默环顾肯定比三十年前更加光辉
这光辉澄澈无比，且不限于今晚迟到的月光
以及月光下蹒跚移动着的一身酒味的电瓶车

二〇二三

---

① 《小童话》是诗人周斌近几年创作的系列长诗。

初次在花戏楼饮古井贡酒

在大关帝庙前，蟠龙缠绕的两根古老旗杆
点亮了我的睛明穴。花戏楼头顶上的晚霞
明显多了起来。李兴安[①]一手拿着古井贡酒
一手拿着蒜香花生，跟我讲述曹操的故事
1994年8月的一个傍晚，热风就是酒引子
两个年轻人，想把遗憾和勇气留给魏武大道

"斗志是一个磨盘，牙齿终会慢慢断落"
他们坐在古戏台下，宁愿把心事让位于酒
让位于唤醒拒绝与选择。那些青涩的爱情
早被古井贡酒洗礼过了，那些虚伪的重视
规划和承诺，都被一一呵出净地。在亳州
每一滴古井贡酒都是一种信任、一份寄托

他们对酒当歌，粉碎的不只是追忆和梦想
还有苦难、懦弱、单纯与迟疑。在花戏楼
只有蝴蝶敢与他们一起分享醇类和酯类
只有蜜蜂愿意引领他们一起翻飞和遗忘
太阳落山之后，所有的雕花翅膀都收起来了

---

① 李兴安，男，安徽利辛人，现居浙江慈溪，是作者年轻时的同
事和朋友。

只有秋风，愿意陪着他们一起理解夜空

二〇二三

小雨夹雪

小雨夹雪
小雨还在地上融化雪

小雨是个大坏蛋啊

二〇二一

阴雨天极具杀伤力

请允许他今天好好地杀一遍吧
从宿松杀到安庆，从安庆杀到亳州
从亳州杀到慈溪，从慈溪杀到泉港
他杀累了，也累坏了那些被杀过的日子
这鬼天气，逼着他鼓起勇气又杀了一回
就是想把好日子留到合肥。合肥好辉煌啊
他还没有尝到辉煌的味道。阴雨天的味道
将会淌进哪一场酒水？今天他从政务新区
又杀到了滨湖新区。杀过去，是为了看看
三十年后，谁能最先倒在阴雨天的怀抱里

二〇二一

写给 1993 年的安庆

阳光，越绚烂，越迷离
在菱湖公园的出入口
挤满了斑驳的影子
他们在讨论什么
一群洄游的人
记忆为何如此坚贞

安庆师大的百年红楼
时刻都在治愈我们
那些不太对称的思想
三月里生长的所有的痒痛
都在寻找对应的注释

二〇二三

红色药水

那瓶带有延长线的红色药水
日复一日地挂在病床的上方
它居高临下，有压倒一切的气势
但它还是被花季少女
一点一滴地吸收了

对面楼顶的水塔锈色凝重
宛若陪护者的愁容。台风过后
有几拨逃生的蝉鸣格外响亮
它们列阵的声音，像海浪一样
与少女一起涤荡着那些坏东西

二〇二一

在奥体操场上晨跑

我本想绕开那个褐色斑块
但还是不知不觉地踩了上去
这斑块搁在跑道上极不协调
但时间一长
就几乎没有绕开它的心思
我踩啊踩
就像踩着那些无中生有的
流言和中伤

二〇二〇

关于长途汽车

一头发疯的公牛
在惊险而又必须的路上
丢下方言和行李

来来回回的公牛
它们同样地扬开四蹄
丢下房子和树木

最后　只剩下阳光和我
当阳光滑入山谷的时候
我就是公共汽车

一九九五

雨中的铁道

或明或暗中，你总在等待穿越
此时铁道如蛇，如远方女人的腰肢
这个雨夜，有谁不想轻轻拥抱

在夏至日静坐，湿漉漉的都是潮水
一条坚贞的铁轨试图穿过雨花
试图带动另一条铁轨飞翔

有无数的铺陈，在哐哧哐哧中延伸意念
一场暴雨激动了，有虚构的大房间
远远地被丢在了深山老林后面

但铁轨从不放弃。哪怕只剩下一个人
也从不改变它的光滑

二〇一六

辑

壹

落叶是一枚尖锐的铁蒺藜

贰

雷声让我想到哑巴店

叁

一棵曾经长坏了的稗子

肆

烛光努力保持着光明

伍

诗人、评论家评论

雷声让我想到哑巴店

秋天的雷声向原野发出问候
闪电把枝头上的留恋照白了
窗外骤雨如箭，尘埃和眺望纷纷坠落
谁能知晓忽明忽暗的哑巴店
在一个守林人荒凉的酒盅里
有时是疼痛的树，有时是愤怒的草
有时是哐当哐当挖掘不尽的羁途

二〇二一

两个柿子携手坠落

坚强也有累的时候，譬如荷花
譬如荷。譬如在虫鸣抵达高潮之后
两个柿子携手坠落

它们放弃了硬的部分
寒露来临之前，月光被黑吃掉了
整栋整栋的灯火也在骤然渐灭

限电之后，湖水变回它本来的颜色
夜晚在衰变，只剩下潮湿的雷声
还在问候那些不肯说话的人

哑巴店的镰刀已经开始生锈了
我担心没有镰刀的哑巴，他的笑容
将随亢奋的梦境一起坍塌

二〇二一

不相信

不相信哑巴店的云彩是被挖掘机
反复挖掘过的。不相信那些鱼儿
会在暴雨天私奔。不相信模糊的
泪眼其实是清澈的。不相信闪电
反复撕裂的天空仍然呈现蔚蓝色
不相信刺猬会跑到农庄门口哭诉
不相信小黄狗还会蹿回我的怀里
不相信大平塘有朝一日就不是塘
不相信在栾树林里发誓的人愈来
愈少。不相信南瓜会像企图一样
烂在地里。不相信梦想跟红灯笼
似的正逐渐褪色。不相信一个人
不打招呼就直挺挺躲到鲜花丛中

二〇二一

小雪抒情

感谢你，把雪扔到哑巴店来
扔到偏僻的农庄来。这洁白之心
打到我身上，狠狠地
打出了我今生所有的寒凉与过错

在哑巴店，我监视过那些年迈的工人
我大声训斥过整片的流水和树木
我令人杀过鱼、宰过鸡、打过狗
灭过一些可贵的良知、忏悔与爱
而现在蝉音已远，孤零零的蝉衣
紧抓树干，谁能保证它能坚持多久啊

三秋已经过去，我需要覆盖我的丑陋
请让它们打下来吧，像呼啸的子弹
打中我曾经的苛刻，打中无情的指责
也打中那尚未执行的宗宗阴谋

一颗一颗打下来吧。此刻我深爱你
也爱那些来不及融化的洁白的暖

二〇一六

初夏，无法入定的中年

雨过之后，地板都要急出汗来
隐忍了很久的喷嚏，想止痒的灭蚊灯
让失眠的房价步步高涨

口干舌燥的示儿，蘸着胡椒水的爱情
想吃黑的老窗帘，不断啃电的朋友圈
赞与不赞，都要刷新几个陪伴的影子

什么时候的小夜壶，想听淅淅沥沥的雨声啦
飞蚊眼神色慌张，款冬花与伸筋草
突然想着爸爸的咳嗽，和妈妈关节里的风

有信仰的图书，不小心打翻了药瓶子
想在一顿饭里开花的酒，伴着饥饿的
笔记本，吞下那难以下咽的文字

美好的初夏，近视眼里有花朵开放
靠在床上的中年人，让一朵含泪的小棉花
供出了肌肤里麻木的针……

二〇一六

一万棵栾树在生长遥望

养你们之前，我把胖胖的身躯交给了原野
换回瘦，换回汗珠和一颗颗律动之心

在大地上驻守意念，水被吸引
关节之上的召唤，催生爱和阵阵潮水

有些已经倒在饥渴或洪荒中了
弥留之音或热烈，或默默无声

有人在覆盖这些情理之殇，坚守天光和嫩绿
有人在多事之秋，相信掌灯而来的亮光和指引

生长明月的哑巴店，也在生长遥望和种子
它们不动声色地扎根，不动声色地抓住天空和鸟鸣

但晚风总会显露寒凉，原野总会空出腹地
当果实落地之时，你能看见那纤纤风尘吗

一万棵栾树和它们的头领依然矗立着
这比开放相思和表达爱情更有意义

二〇一六

农庄抒怀

车子饱含情绪奔跑。受了寒的树带动秋风
节疤挤出明珠。有尘土和笛鸣默默起舞
有筑路工穿越池塘，铺设着明年的铁路新闻

鱼儿已不知晓乡村的巨变
塘水已经很浑了，有一个风干的缺口
跟着举累了的荷，一起控诉晚秋的夕阳

栾树林依然在壮大，它们巨大的阴影
覆盖着一些有爱的动物。而秋风不问
一夜间让农庄的红灯笼七零八落

拾起它们。与拆除一间鸡舍的心情多么相似
在这片进行颜色演变的田野，在朝南的院子里
谁也无法掩盖炊烟生生不息地弥漫与涌动

二〇一六

一道闪电掉进了湖里

一根弹跳的银链淬过湖面
湖水痉挛
一段白花花的身子
被掀起的波浪反复拥抱着
像团聚
更像别离

二〇二二

要下雨的哑巴店

要下雨了
飞鸟将飞离你的旷野
天空将淋湿你的归途

电线杆被电线搀扶着
刺刺的老火花
将如何打破世间的静谧

要下雨了。比失眠更焦虑
比梦境更烦乱的阵阵闪电
将如何解散你所有的乌云

二〇二三

一棵病树

看到太阳时，已近正午了
绿色笼罩着它。病树——
还在病中。一晃而过的太阳
把撕烂的光，打在它身上

病树皱巴巴的。两只灰蜘蛛
拉起了警戒线，一圈又一圈
露水在上面荡悠，比春色更恍惚
比冬季更寒凉

二〇二二

哑巴店的春天

风拉扯着，白癜风似的天空，坐立不安
春光之下，去年栽下的满园月季
有一成倒伏。这是暴雨的罪证
有些花儿，开得很残败

哑巴套上胶鞋，拿住铁镐
穿着溅了泥浆的灰布衣衫
一镐一镐地，小心
扶住那些倾斜的花香

二〇二二

小院即景

树木和阳光都很安静，有几声鸟鸣
落入大院和缸底。缸有陈年的釉彩
依然光泽细腻。它们都是远道而来
和拆迁有关，和满头大汗的我有关
和我的酱香与炊烟有关

东南风实实在在，引来许多闻香人
喝茶、聊天、打坐、唱歌……
消磨在好时光里
有人想阻止南瓜成熟。有人想阻止
一杯酒水痛痛快快地沁入心脾

酱香依然，把守后院门的小黄狗依然
我很惊讶，当它调戏一只蚂蚱时
似乎比我醉酒有趣。这是下午三时
无人忧郁，无影子在院子里晃动
无梦中的追赶、走失，或缠绵……

在清洁的水泥地板上，有两道车辙
被黄泥暴露了，它们始终如一的距离

足够你猜想半天。此时院门大开
顶上的探照灯深睡不醒。再看看那些
覆盖南瓜的大叶子，遍地的大叶子啊
哪一片不都得等到晚间才会抬头呢……

二〇一六

小满抒情

清晨，腹中有两声鸟鸣
雨打着雨花，未等结果就落了
时令继续演绎，而青禾尚未醒来
成熟之美，将如何保留清晰

小满不是真满。这个节令
像悬挂的点滴，总有止不住的信任
和担忧。雨依然在下，大地依然在
描述，用绽放的花和变色的果

小王子和狐狸在今天对话、道别
雨渗进了雨中。谁还在乎麦子的颜色啊
我默默地想，默默地观望着
哪朵乌云能遮挡明天的彩虹呢

二〇一六

小药丸

小药丸从瓶口滑出，又从掌心逃离
这些天生的小蝌蚪，注定与水相关
与一条河流的单纯、清澈和活泼相关

我很费解。相关的存在、躲避与消解
会是一种怎样的结果？小药丸五彩斑斓
总有释放不尽的分离和破碎的意义

寻找并捡拾信任。得失总在怀疑之中
这些带毒的小药丸，是否可以挽回
一个人的失忆，或者偶尔泣血的纪念

治愈系的星座，在黑夜中不断闪烁孤寂
药丸是它的孩子。在春天里害病的两个人
一定要等秋天才能拥抱彼此的欢愉吗

二〇一六

哑巴店的雨

雨一直下，大地如一面鼓
有人企图打落花朵。鼓听不见
屋后桃树的声声叹息

天上的水实在太多了，逃跑的鱼
从不顾及我的感受，它们愿意
被抓，愿意去草地里殉情

真想拦住它们。用泥土垒墙
用铁丝做网，用赤脚在池塘里来回召唤
却找不到一条听话的家伙

雨水牵出了我内心的盐。在哑巴店
守候的睫毛能飞吗？鱼可以
漩涡待在原地，无话可说

淋湿的小黄狗和屋角发呆的土鸡
默默相依。今天的天气发霉了
隔壁的周嫂又犯了一次癫痫

招牌被雨水越擦越亮。路边手书的
"哑巴店"有些古意。风起时，灯灭了
不知道闪电那边，谁在大声讲话

二〇一六

有很多眼睛在想象你

等一场雪等久了，你会不会感到心焦
当大幕拉开，有很多眼睛在想象你

雪，绝不是这世上唯一的表演者
高处的红灯笼有着同样的魅力

立体化的森林，总在考验我们的思维
掩饰和简化，能帮我们生动多久

麻雀已无处藏身了，还有迷途的人
似乎都要交出双手，交出爱或某刻冲动

你呵出的每一口气都暴露了你的立场啊
谁能帮你了解此时延伸的黑白处境

二〇一六

误入禅房的小麻雀

小麻雀不知道，我也是个修行之人
它被什么吸引，是否承载了森林之心
我得承认，打坐也是一种飞翔

禅房饱满。一只手正紧扣另一只手
有混沌的万象和缭绕的云朵出没
但玻璃看不到，院外大把茁壮的野草
和馋猫看不到

夕阳西斜。小麻雀不愿离开
此时有一只蜜蜂归来，探究着
一盆花的力量。我们一起偶遇
学习。有人悟到了甜蜜
有人懂得了逃避

二〇一六

写给麦泡
——兼致晏弘

试想麦泡老了以后，就成了覆盆子
这得用多少意志？有人用高举麦芒
来形容江南，企图刺破我的唇

居住在红房子里，设计那样一片绿
需要雨水和爱情。有时候风是无辜的
请原谅它们，包括那些既摇晃田野
又摇晃天空的萌动之心

但画面是故乡的。一株野草莓
足以爱上我的幸福。妹妹已经十六岁了
我还在异乡埋头耕作，头顶蓝蓝的
飞鸟，怎样把相思拍得愈远愈高

二〇一六

在哑巴店

在哑巴店，百年老店不见了，可哑巴还在
一个喜欢看书的人，一个终日赖上酒影的人
大部分时刻在街头眺望，他似乎听不见
外面失措走路的风声

在哑巴店，汗珠总是排斥着我的眼镜
一个不谙农事之人，一个面对荒原发慌的人
只有雨水能够理解。当你手举镰刀时
草木的泪，也是我的泪

在哑巴店，疾病、饥渴、爱和勤劳
是黄豆和芝麻说出来的。这些认真的词
装饰过很多人的梦。当一片白云悄悄经过时
晃过大地的只是日复一日的挂念吗

在哑巴店，艳遇这片树木和池塘也就够了
重新爱上一些事物吧，把黑夜撕到日历之外
可有些痛还在呼吸之中来回蹿动，有些叫喊
还会跑到天上，划出道道伤痕

二〇一六

六岁已经不小了

六岁了，我常怀念小时候
觉得人事很复杂。我偷偷瞅过
不该看的东西，又悄悄地
躲在榆树后哭泣

小黄狗丢失后，已再无玩伴
隔壁的大个子小明，常来缠我
听说他的记忆只有七岁
如果他五岁，我会更开心

六岁是不是太深刻了
这天真的想法，比我更孤单
你们是否都在想，再嫩一点
或者再混沌一些

不能再小了啊，这世上的事物
都在不停地逼着我们成长
傍晚时分，只有小明还能和我一起
老泪纵横

二〇一五

在佛诞日

早上净手上香，晚上合掌进门
诵经人任蚂蚁取乐、凭蚊虫撒欢
门前飞驰的车，一天一个心境

其实这与佛诞日无关。在哑巴店
无限的苦被奔波的甜稀释着
它足以让小动物们劳碌一生

我不想放大这些念头，在佛诞日
我只想保证你的快乐，在佛诞日
我希望没有命名的悲伤……

二〇一六

哑巴店的树

我说树，你说森林
用一千亩去描述，谁会说孤独
树跟着拖拉机突突突地来到异乡
看哑巴店的月亮，有些忧郁
有些水土不服

一条蚯蚓爬上来，想打听种树人的来历
初夏快乐的虫鸣，都堆在了芭蕉后面
载树的破路还在，颠簸、延伸还在
接下来的那些有所指望的坦途
谁还能继续步步丈量呢

在哑巴店，有许多受伤的绿
想让根追赶着根，让树陪伴着树
或许你不能理解，覆盖荒凉的意愿
有多么热烈，梦又是多么有力
陌生的耳朵因此丢失了熟稔的乡音

怀揣乡土的树木
总在期待飞鸟将至

池塘的绿也依次推开了表面的热情
此时的哑巴店，风和雨都歇了
落日一直保持着它的缄默

二〇一六

大平塘^①写冬

大平塘方圆二十亩，深六尺，有鱼
有虾，有贝类、水草和零星的芦苇

像一个老农夫，穿粗布衣裳
历经霜降、小雪、大寒，陪伴水鸟和小黄狗

风过。浮云移动。低处有丝丝暖流
比行走的烟圈更加明亮

层层皱褶写满浮沉。它托举的日月
比一场暴风雪的覆盖耀眼很多

蚌壳已然握紧珍珠。又一年的青春期
空成了花茎弯曲的模样

这里已经有路了。筑路机整天轰鸣
不知究竟还能波及多远

清冷的月光下，必暗藏力量或泪雨

---

① 大平塘位于长丰县岗集镇哑巴店吉蔓农庄东北角。

看另一股疾风，又将如何晃动水面

二〇一六

哑巴店的冬至日

我看见菜园子里有美丽的白霜
这些被暂时冻住的颗粒，很均匀地
挽留了一整天低沉的气息

年复一年的怀念，绕不过北风的悲鸣
栾树叶已经全部凋落了，伤逝与离歌
在阳气渐升之日逐渐显现

有人提着烟酒菜肴走向荒野
影子越来越远了。只剩一团火光
提问我：昼夜的温差为何如此之大

背井离乡之人，他的思念带着羽毛的白
轻盈明晰，优雅从容。我希望明早的霜
不再凝结他的忧伤

二〇一六

冬雨

冬雨下在晚上，担心被你看见脏身子
冬雨下得很急，担心被三九点了穴位

前晚的大霾，把农庄扮成仙境了
干咳声惊醒小黄狗，它不敢独自入眠

没有犯错的小黄狗，也像现在的我吗
听着这雨声，我担心难以入眠的鱼

二〇一七

秋天的伤疤

秋风起了，一条新伤疤
爬到了我挚爱的柿树上
我看到刀子斫击的同时
溢出了一个个红彤彤的词

一把用锋芒说话的刀子
它的本意，不是人人都能领会
而无奈飘零的果实与落叶
它的语言，是否只有秋风知悉

一切都是那样无声无息的
就像我现在按捺不住的阑尾
当它一心甘于离开
却落寞得说不出有多少悲壮

二〇一五

无题

这片土地被挖机抓伤了
露出褐色的紧张面容
北风不断地抚摸它们
并试图冻结湿润的部分

当落叶追逐落叶之时
挖机仍在重复翻土的游戏
每当它们跨越田埂
就会咯噔一声
并慌张地倾斜一次

二〇一六

两朵白云

我看见它们飘了过来
我看见它们
在相互拥抱

水里的白云已经很脏了
我只看见
逃离的两朵

我在塘边坐着
我看见天上的雨水
还没有落下来

二〇一七

一只知了梦见另一只知了在说气话

一只知了不哭
另一只知了也不哭
一只知了梦见另一只知了
在说气话

清晨的空气
凝固了决绝

一只知了挣脱了外壳
另一只知了哭了
它的哭声疑似升腾的淡淡暮气

二〇二四

补丁

剩下的窟窿有多大
只有妹妹知道
穿针引线的妹妹
咬住一根根纤长的情思

不记得磨破多少次了
哥哥把补丁穿在身上
摸一摸　嗅一嗅
还有花开的味道

一层一层叠起来的
不只是厚度　多少年了
皱纹一样细密的日子
丰富了哥哥的心

二〇〇五

辑

在五谷庙

没有哪一穗成熟的稻子不是表达谦逊的
它们在庙宇四周，犹如我的父老乡亲

今夜星星无数，我只铭记了流亡的那颗
四十多年的愧疚，究竟能滑向何方

无须辨识谁的车辆停驻庙前，三分钟的静默
灯光吸引了一群又一群带有稻香的喜庆飞虫

我承认我是一棵曾经长坏了的稗子
我承认我是一棵立于稻林被众神宽恕了的

轻飘飘的稗子。我的母亲曾经跪在蒲团上
一次又一次地等着西边的金光照进庙堂

二〇二一

稗子

父亲曾教我怎样决绝地拔掉它们
齐腰深的稻禾缠住我，每移动一步
都会留下一些悲壮的花絮

陷入似乎没有边际。伪装无时不在
识破一棵稗子与识破一个人的感受迥异
我暗自钦佩对手扎下的庞大根系

蚂蚱从一片叶子跳到另一片叶子
欢快似与我们无关。父亲把稗子抛到岸上
落地的泥浆炸飞了一些憎恨和疲累

多年以后，我仍记得父亲的手势
我希望自己不是被他拔漏掉的那棵稗子
我希望我，还能保持一股淡淡的稻香味

二〇二一

五月初五的塔吊、阳台与灯火

对面的工地上，八台塔吊依次垂下了臂膀
每逢佳节，它们知道自己也有致敬的时刻
我在阳台上静静地端坐着，惦记西南方向
那些依然挂在木靠椅上的等待下锅的粽子

女儿说，肥大的虎耳草开满了白色的飞蛾
我说如果飞蛾是勇士，蓝姬莲花就是号角
它们在阳台上相遇，是彼此呈现还是抚慰
洗衣机轰鸣着，把想象的汗液甩到了身外

午夜的天空昏昏沉沉的，疑似小区的灯火
当汤药晃荡出往昔疾苦，灯火又灭了一茬
我突然想起了艾草和菖蒲，我们的门神哪
今夜，你将如何守护一个人的罅隙与意志

二〇二四

谁能想象暴雨是怎样打湿香炉的

——将农历五月十八日献给父母，也给自己

雨水是从五谷庙 ① 奔向江家垅 ② 的破屋里 ③
还是从江家垅的破屋里涌往五谷庙
暂无明确的答案。但水往下流
注定是颠扑不破的真理
道路上无数神秘的漩涡提示我
三百米的距离，就是庙神与父母的距离
雨水反复陈述着，如急切的絮叨
总在担忧生长或者收获的不安
它们有时南下，有时北上
到达南方的一个州
或者北方的某个省

而我从不会轻易忘却破屋里的雨水
它们叮叮当当地，认真敲着屋顶
它们透过瓦楞，绕过椽子
再漫过木梁

———————————

① 五谷庙，位于宿松县华亭镇五谷村。

② 江家垅，宿松县华亭镇五谷村江龙生产队的俗称。

③ 破屋里，宿松县华亭镇五谷村江龙生产队几户核心人家的居住地（含作者祖居地）的俗称。

它们曾调动各种盆、各种桶
甚至合伙抬起一架笨梯子
让捡漏的人在屋顶上拨开落叶
排列瓦垄。它们总是不请自到
不管你是需要还是厌恶
它们的咸
足以腌制哭泣与抚慰

它们还曾试图打湿屋内的物什
试图侵蚀厅堂里放置多年的两副空棺木①
油黑锃亮的棺木，开满了桐花的芬芳
也消解了我曾不敢直视的种种惧怕
我知道一年轻于一年的不只是棺木
还有两个人
甚至更多记忆
现在屋顶已经不漏了，但潮湿还在
它们仍然不断聚集在破屋里的屋顶
或者距离三百米的庙檐上
并逐渐成为另一条翻滚的河流

二〇二四

---

① 空棺木，是指在宿松一带，老人提前准备的棺材，也叫寿材，里面有添寿的含义。另外棺木都是木质的，而木质材料需要经过很长时间才能脱水。脱水后的木材会变得更加坚固，所以老人为了死后住得舒服，都会提前准备好棺木。

午夜的月光

在这霜降之城，你白白的
像我手中养酒的瓷器

这样的午夜已经很久了
没有梦境的午夜，你的形象
只是一张小心翼翼的黑白画面

可怜的道路，被树影分成了两截
但一截
还是和另一截走失了

这是我内心反对的场景
仿佛你昨天的手势，把一个人
挥进了今天忧郁的泪中

午夜，所有的事物都很胆怯
在无奈的尽头，我手中的瓷器
已被月光捏在了痛处

二〇〇五

月的独白

我总是隔着距离爱你
我的升起你遥不可及
有时清风也暗示不了什么

当它拉你衣襟时
你能发现有时圆，有时缺
有时空吗

我喜欢狂风暴雨的来临
那短暂混沌的时刻
足以让我收拢臂膀

天上的风筝都还在不断挣扎着
谁能断定，自我掩饰的意义
远小于像风一样漂泊的意义

二〇二四

合欢园园主就是一条小丑鱼 ①

大平塘西侧有一万棵合欢树
每到五月就打出粉红色的哑语
那些无法形容的哑语痒痒的

它们舒展的时候
像活生生的海葵

此刻　哑巴店的合欢园
就是一片无情的海洋
它们不停地打着粉红色的哑语

园工们施完肥浇过水就都走了
只有小丑鱼还在试探着钻进园林

二〇二四

---

① 在海洋中，小丑鱼和海葵是互利共生的关系。海葵保护小丑鱼免受大鱼的攻击，小丑鱼则帮助海葵捕食。

我有时会掩面

桂花树结籽，分枝
比父母想象得要早一些
庭院里满是孩子们打闹的笑声

炊烟在炊烟之中，袅袅升起
没有几人会抬头观望。它们拥挤着
慢慢推开一些寒凉的空间

屋后的稻田静静地审视着我们
我们收割，我们吃着喷香的米粒
而稻茬却站立于田间，疑似宽恕

老屋的对联特别显眼，它的红
几乎渗透了父亲的手掌，我看到
每洗一次，父亲就佝偻一次

爆竹在屋顶上方不停地盛开
短暂又梦幻
谁也看不见它们熄灭的样子

二〇一七

炊烟

蠢蠢欲动的是人的影子
在晨钟或者暮鼓时分
他们正袅袅升起

如花的影子，形势喜人
破屋下面大家席地而坐
守着几只杯盏，或者几个孩子
心事在微风中忽左忽右

其时我也在席地而坐
判断着水酒的热度
我的目的是回想梦中
作那三分之一或者五分之一的诗句

而实质上，这个存在的影子
在有我和没我的时候
他们照样生息，我在怀疑
他们的方式会不会只是流水的方式

但我仍厮守炊烟

在时间的尾声中 , 我对你说
我意志已尽 , 我对你说
我在另一种炊烟里

一九九四

沙县面

需要你的时候
捞一捞，就可以送进嘴里
可现在你已经凉了

在这无人的餐馆，我有些紧张
面捞起又放下，长长的
像我的思念

大雨在不断地编织，你焦虑的梦
是否就在这烟雨当中
找不到叙说的场景

我的筷子已经重复多次了
可拉起来的，却是老屋、父亲与牛
好一片混沌的心情啊

一碗碗的沙县面，它的及时性
只有大大小小的漩涡知道
雨啊，谁还相信你的誓言呢

二〇〇五

我记住了那幅闪亮的画面

我记住了那幅画面
闪电划过湛蓝的海域

一切都在空气之中擦亮了
水、想象和爱情

当天空打开一道闪亮的门
是谁在思考进入

其实风已经召唤很久了
那么美丽的风，是时间的影子

我的影子，在我手中
我要把她放到爱人的心上

她在珍惜吗？一个晚上的哭泣
那证明了什么

转过身来，只有礁石，只有波涛
只有逃跑了的欢呼的鱼

二〇〇四

我确信我照亮了一个人

把心事打上一个蝴蝶结，让它飞，让它消失
但心事又会回来，又会沾上潮湿
沾上苦难，沾上孤独

今晚的月亮很圆，她照亮了那些潮湿
那些苦难、那些孤独。她照亮了我
照亮了那些平常难以深入的迷途

现在我很亮堂。我确信我也照亮了一个人
你们嫉妒我吧，因为我还能照亮泪痕
照亮疾病，照亮那些悬浮人世的虚空繁华

二〇二一

与门口塘边的小竹林有关

小弟带我绕过门口塘边的小竹林时
妈妈专注地叉鱼的形象
让我瞬间激动了一厘米

这是几十年前的画面，妈妈已经记不清了
我偶尔跟她谈起时
她淡忘的表情总是压迫着我的记忆

雨过之后，该绿的都开始泛绿了
我看见脚下，有两厘米的爱
正从土里悄悄蹿出

二〇一五

车马河

这个夏天，雨水明显多了起来
柳叶藻在河中逍遥
似乎并不讨厌
汛期将至

水时清时浊。偶尔有一两声嘶鸣
拖在妈妈的扫帚后面
妈妈边走边喊："回来吧……"
车马河就醒了

呐喊的龙舟，淹没了远古的号角
铁骨还留在河床上。大水不退
你感觉不到它的硬。大水不退
你感觉不到它的出击和隐痛

我是个乖孩子，喜欢坐在河边
想流动的马车，看流动的星星
月亮照见我家院子，一闪一闪的
车马河，做了别人家的梦境

姐姐出嫁时，轿子晃得像拨浪鼓
父亲的咳嗽也把我给咳远了
很多年了，依稀淡出的马蹄声
没有妈妈的饭菜香

二〇一六

暴雨

雨像是在赌气，它会不会伤到自己
我都不敢眨眼睛了，我担心门关上之后
再打开，会不会涌出更多的泪滴

我住在鲤鱼山山腰，听说山脚下可以开船了
鱼儿不认得斑马线和信号灯，鱼儿会不会诧异
那些渔网和持网之人究竟去了哪里

都已经是下午了，雨声还在较什么劲
停不下来的雨，要让昨夜的灯火再安眠一次
或者让忙碌的汽车们再深睡不醒吗

吴老师的大门已经失守了，有别人家的宝贝
想去他的书房里看书。岳父也在不断地念叨
高家大屋的两间土房想怎样踏平他的记忆

还有老同学承包的湖汊、父亲侍弄的稻田
还有山里塌方的画面，和外出走失的一对青年
撕破天空的闪电啊，你让谁的哭声如此之亮

池塘满了，河道满了，大路小路都满了
痛在抢险之中……在混沌的天空之下
真想掐断这些雨

二〇一六

在泉州过端午节

他说"明白的时间比不明白的时间更长些"
我并不深究此意，今天我只关心星辰
关心它们哪一颗最亮，哪一颗最持久

而雨打破了我的期望。夏至后的雨是成熟的
它们很激烈，它们的脾气比春分时大多了
它们只用一个小时就洗刷了整个村庄

早上八点钟，天猫精灵在客厅里自言自语
我在二十三楼失眠了。而洛阳桥在两里之外
不断地迎来一拨大于一拨的潮水和鱼虾

二〇二三

在牛屎岭

此刻太阳要落山，母牛甩了几下尾巴
此刻草根捂住伤口，蒲公英被风吹散
此刻，圆虹在西门塔尔牛棚上方盘旋
示意。此刻山冈喊出一声公牛的回声

牛屎岭的云彩是让整片蔚蓝挤出来的
蜜蜂用飞行说出了花朵的爱情。此刻
有一辆轿车在向一朵牛屎菌说着抱歉
此刻，有一个心事重重的人放下行囊

洗手洗了几十年，其实还有牛屎的味
草木醒来时，往往还带着沉重的露水
到底哪片田园愿意接受洗礼和忏悔啊
此刻，有一只受伤的蚂蚱跪行在路边

二〇二三

池塘里的较量

池塘里的白浪
把乌云打碎到了远处
另一片乌云
又涌了上来

不知道有多少个回合了
天空忍不住
掉下了眼泪

二〇二〇

包菜叶子抱得很紧

包菜叶子抱得很紧
我小心地剥着

一层一层地剥
却留不下
完整的一片

我不知道为什么
生活总要小心翼翼

二〇二〇

我来证明方便袋是结实可靠的

我用方便袋提着三块砖头
使劲地往上提
反复地往上提

我每天发一次朋友圈
就是为了提给你看
提给所有浏览的观众看

我都有点厌恶自己了
在向你发出问候之前
我只是贩卖了一个朴素的事实

二〇二三

落叶和鱼刺

落叶掉在地上时
猫叼来一根鱼刺

一阵风吹来
落叶舞动身躯飘走了

鱼刺被拖动了一下
然后又一动不动

二〇二三

我是谁

在高铁站
一个约莫三岁的男童瞅着我
我不由自主地在他跟前矮了下去

你认识我吗
我认识你呀
你在哪里认识的
在天空上
你在天空上干什么呀
修电线呢

我突然卡顿了一下
没有信心再问下去

二〇二四

我本想绕开那个褐色斑块

我本想绕开那个褐色斑块
但还是不自觉地踩了上去
这斑块搁在跑道上极不协调
时间一长，就几乎没有绕开它的心思
我踩啊踩，就像踩着那些无中生有的
流言和中伤，直到东方的铁路拱桥
一点一点透出红晕为止

二〇二〇

跑道上的补丁是深褐色的

跑道上的补丁是深褐色的
纯器质性的。脚步不断重叠
带着暖和整夜停驻的气息

从南边的网球场向北望过去
塑胶跑道上，三三两两的人
企图覆盖那些扎眼的补丁

跑道上一个女人按住了腹部
她蹲在一块补丁上，意图修复
器质性抑或非器质性毛病

有犬吠声从操场入口处传来
两只鸟鸣叫着，并蹬飞了几片枯叶
它们悠然落在了我的脚下

二〇二〇

与爱情有关

她在栅栏那边，她的手
没伸过栅栏，她的手
始终都在栅栏那边

我估计他会伸手的
但我错了，事实上
他的手没有伸过栅栏

我在嘀咕着，为什么
手没伸过栅栏

二〇〇五

辑

一只翠鸟射出了我们不可企及的配速
——致雅歌书院及 5 月 18 日聚会诸友

翠鸟飞越墙头时，翅膀不由得震颤了一下
蔓延的凌霄花含苞待放，比预想的稍迟一些
翠鸟小心地梳理羽毛，并啄下胸部的一根

密室主人 ① 与我对话，不断复述西瓜的甜蜜
中午时分，美酒、花草、陶罐似乎并不疲惫
它们占据了大院里十一位诗人的不同暮春

红土已被整齐的火砖保护起来，明丽的胭脂
任凭大雨也带不走一滴。一对漂亮的木靠椅
在长满酢浆草的围墙边继续保持着它们的平静

当我接过第二块西瓜时，更多关于偏爱的追问
自围墙边小叶晚 ② 手持的自来水软管里奔涌回复
墙头翠鸟受惊，射出了我们不可企及的配速

二〇二四

① 密室主人为诗人罗亮，著有诗集《密室喧哗》等。

② 叶晚为诗人叶丹之子。

间隙之二

祷告声从乌石天后宫黑面妈祖屋顶滑落下来
下午柔和的日光，正适合祈愿反复萌芽
而此刻，后山的紫薇花已开始谢幕了
花瓣如浮尘，又如前山的曚昽暮色
偶尔打扰我一路向北的豪华梦境

一切都在路上。每一口气都无法完整地
穿过鼓志山隧道。哪怕你有意憋着
像憋住委屈气愤幸福心酸甜蜜或自豪
但另一口气，肯定在后面推搡
它们如排队等候的敬香者
心神难定

二〇一八

间隙之三

我们从泉州开往福州时
肯定有鱼从晋江游向福州的马尾

此时我会想起福州的几个人
不知道鱼们又能想起闽江的谁

……

二〇一八

间隙之四

在福州涌泉寺，听妈妈喜悦地说
她从地里捡回来两斤多花生
和一个青南瓜，还有田埂上的饭豆若干

不知道近期合肥有没有下过雨啊，或刚下
我突然想到她的鞋子，还有地里的泥巴
以及提前放学还被锁于门外的焦急的孩子

从功德箱旁折身返回，有一眼一千二百多年的
罗汉泉。我把整个脸探过去，两滴，三滴……
抬起头来，却没有发现一滴雨

天空明显暗了下来。烛光努力保持着光明

二○一八

间隙之五

车窗外飞驰的事物
不断擦拭着我对诗酒大会的记忆
从泸州古城到重庆江北
沿途有许多旺盛的栾木
它们高举火红的灯笼
宣示着不屈的生命力

当我们① 穿过赵家隧道时
欢腾的小瀑布
被父亲的来电请出了视野
父亲说：你妈的手腕摔断了……
同行的诗友似乎没人发现
默默的车轮已擦痛了我的归程

二〇一八

---

① 我们，指同行诗人寿州高峰、木叶、汪春茂、黄丹丹、梅依然、
王亚萍、左手等。

间隙之六

我望见奥体中心的围墙边
开出了很多黄色的花儿
我叫不出它们的名字
想要认识它们并不难
我只需从 21 楼坐电梯下去
用形色 App 扫一下

这世间的植物真好啊
我可以肆无忌惮地认识它们
相比之下
如果想认识一个想认识的人
常常会损失我很多脑细胞

二〇二一

间隙之七

那些难以忍受的痒
如蒸笼上不断肿胀的馒头
它们撑裂皮肤
裸露成一道无法形容的峡谷

有红色汁液不断涌往高处
飞机的翘尾巴
野蛮的刮痧板
硬生生地荡去一些记忆

穿越雷电,不管烈日,不顾风雨
刮痧板硬生生地
把它逼出来的所有想象
都刮到脚下那群迷雾当中

二〇二一

间隙之八

一片落叶就是一滴泪，而最后的一滴
是没有任何征兆的。没有风，没有雨
它只轻轻地咳一声，就断了所有念想

或许你不记得，当你决心晾干自己时
身上的脉络就会变得逐渐清晰和绚丽
太阳底下飘飞的落叶，酷似经幡曼舞

离别是安静又虚幻的，譬如池塘里的
倒影，经不起任何晃动。当叶子放手
谁能记得树枝还在隐忍着仰望天空呢

二〇二一

间隙之九

阳光总是不愿给人猜忌的机会，当它照见你时
红就是红，黑就是黑，白就是白。它照见你时
你就不必刻意解释还有什么赤橙黄绿青蓝紫啦

落在哑巴店枝头上的一堆白色鸟粪，青草味的
冰淇淋状，似乎还没有一个家伙愿意过来认领
太阳晒它已经很久了，也似乎不是之前的味道

附近还有一个刺猬洞，刚好落在高速公路桥下
结实的黄泥洞，圆圆的，没有瑕疵。昨天发现
洞坍塌了，有捣鼓的痕迹，也没有人为此负责

这世上还有很多无人认领或者无法确证的事物
它们常年在阳光下躺着，像落叶一样难以升起
它们张口无言，却总是做着各种各样彩色的梦

二〇二一

间隙之十

早上五点半的树影坚定如画，伴灯光而生
洒水车悠闲地晃荡着，为那早起的人洗尘
冬至日里，每一口热气都冒着昨日的余温
怀想和纪念，淡淡的仪式感，在双脚之间
默默地移动。此刻，我特别想念树，想念
那些成长多年的，那些不幸夭折的，那些
碰到挖掘机就轰然倒塌的树，哑巴店的树
城市的洒水车在歌唱着我们，谁又歌唱过
孤寂的它们？逝去的话语都是地里的种子
它们都将在今天发芽。白霜融化了，路灯
已熄灭。缩小至午后的终将是另一个影子

二〇二一

间隙之十一

刚下高速，一个年轻交警透过车窗警告我
现在人口减少了，你们要系好安全带啊
我愣了一下，发现路边刚萌芽的柳枝上
有两只小鸟在嬉闹，跳跃

在朱家角古镇一个酒店的二楼包厢里
一条清蒸刀鱼干干净净地摆到我面前
然后是另外的十二条，它们从长江里洄游过来
聚在餐桌上，保持着同样的姿势

定浦河边有个城隍庙，一对青年正在拍照
河水轻轻地流淌着。我看到一个吆喝的船公
从一个桥洞穿过另一个桥洞，等他接近城隍庙时
一个波浪就打散了两个拍照青年的倒影

二〇二三

在青阳铁场，肯定有一个报喜的妹妹 ①

在下草埔，总有一个妹妹从山下跑到山冈报喜
朝霞透过汗珠，又落到哥哥脚下滚烫的铁水里
激动的风箱，暗示哥哥已经不只是一个哥哥了
他是青阳铁场又一代父亲。此刻炉火更加坚定
热浪拥挤，似海潮奔涌，一遍又一遍抵达海港

东南风次第吹来，松枝流落着旧年孕育的果实
炸裂的果实，在落地之时，一颗更比一颗响亮
它们似铁场日夜劳作的汉子，也似红薯和花生
它们都以不同的形式，汇聚于不朽的红色铁流
它们顺水而下，铮铮铁骨不止一次被台风锻淬

哥哥抖搂衣衫，袂裾飘起，"天乌乌，要落雨
海龙王，要娶某，龟吹箫，鳖打鼓，水鸡扛轿
目凸凸。"② 歌声如水荡漾，一层一层地铺盖着
新的矿石和铁件，不断诠释着铁的炙热、温暖

---

① 青阳铁场是福建省安溪县青阳下草埔冶铁遗址，地处福建泉州
西北山区腹地的五阆山余脉、安溪县尚卿乡青洋村里，是体现世界海洋
贸易中心出口商品生产的代表性遗产要素。

② "天乌乌，要落雨，海龙王，要娶某，龟吹箫，鳖打鼓，水鸡扛轿，
目凸凸。"引自泉州民歌《天乌乌》。

与清凉。铁料场前，马车列阵，驮走夜夜星辰

二〇二四

唯有栀子花是可以用来认真呼吸的

雨试图浇灭这火焰。红炉中铁挤着铁
汗水、泪珠或伤病，都各有各的安放
屋檐下衣衫高悬，已失去往日的影子

在青阳铁场，唯有路边寂静的栀子花
可以用来认真呼吸。驿道上铁挨着铁
它们以不同的形态，随马帮领旨远行

铃铛忘记了归乡的路，风箱愈拉愈急
续炭人钩出铁渣，炉火回旋，如惊涛
骇浪，不断吐出滚滚飞沫与万里飘零

雨越下越大，淬火的池水溢出了叫声
它们沿坡而泻，路过前世，路过今生
也路过一棵曾经挂满五色经幡的大树

二〇二四

在雅歌大院

几把旧藤椅、一张木条桌
伞站在那里，看柿树上
斑鸠讨论往事

有枕木春眠
有蔷薇朝夕比武
而老缸却默默地养活了一朵云

药师手持青蒿，到处打量
那些久红不落的相思豆
有意中人，从城南出发

一路向北，再向西
拐弯就有五颜六色的风
缠在七间老房子上

二〇一六

三姊卖茶

茶香都涌向了西坑口^① 交易市场
三姊把口袋放到收茶人的电子秤上
这些凌晨五点钟被摘下来的鲜茶
不断遭遇几位收茶人的揉捏
"十三块钱一斤，卖不卖？"
三姊默默地倒干净口袋
她不想再还价了，讨价比走山路还累

"一百五十六块！"
三姊接过从皮卡车上递来的钞票
弯腰摸了摸一路跟来的田园犬
直起身子时，影子已经不自觉地
把她斜到了街对面的刘平商店

二〇一九

———————

① 西坑口，安徽省石台县仙寓山李村的一个地名。

杀青

小花子的鲜茶被潘为科倒进料斗里
潘为科叼着金皖香烟，合上了电闸
地上的鲜茶一堆堆摊放着
我还看到了吴松南和张兴正的名字

鲜茶慢慢被机械扒拉到了高处
下面炉火正旺，潘为科背着手走来走去
在出口处用簸箕接茶的吴瘦子对我说
鲜茶就像小姑娘，你闻闻，还有没有兰花香

二〇一九

在李村①

微光开始破蒙，开裂的老木头湿了一宿
墙头的嫩草和苔藓顶起了春露

旧竹竿悬空，木梯子倒地
斑驳的春联附近，找不到一件像样的农具

吹泡泡的小孩，跨过门口的弃罐
石缝里的彼岸花，看着七彩的光环旋转

飞升。午后的天空飘来几朵白云
黑瓦接近天空，三只小鸟保持着安静

流过泪的白墙爬满了藤蔓，老祠堂孤独的
影子，一会儿长，一会儿短

二〇一九

---

① 李村，安徽省石台县仙寓山一个村庄的名称。

高架桥上

你得记住这唯一的入口
在进入轨道之前，小心一点
然后轻轻减速，加油，爬坡

路上的眼睛很多，有似不怀好意
但上面有风，心中有旗帜
由不得你不动

喜悦，是很自然的现象。照直行走
肯定可以到达终点。但也许这次
你走错了

你一直紧张，冒汗。想退下来
已不可能。路已不是自己的了
你必须选择小心地下桥

小心地拐弯，回头……相信找到航标
一切又都顺畅起来。纵有夜色苍茫
家中的灯火也会一一点亮

二〇一五

剑湖有点武侠的味道

剑湖，有点武侠的味道
这让我想到一剑倾心
但那又是谁的心呢

湖面是宽阔的
有无穷的爱可以波动
碧波之下
有大鱼带着小鱼们旅行

八月的水草已经足够肥美啦
我在这里行走的时候
很想知道水底下
到底隐藏着什么样的
武侠故事

二〇一九

我代表那一小撮土壤说

我代表那一小撮土壤说
你捅破我，我是愿意的
也许有那么一阵疼痛

你不停地脱下衣帽
以证明伟岸
你还不停地高出根基
想指破苍穹

我已经覆盖不住你了
在这片竹海里
我希望有更多的春风
能够吹拂你的旗帜

二〇一九

去崔岗

带上几个陶罐
丢下几粒种子
洒上月光和露水
春色就有了

随心所欲地晃进院子
在秋千上摆渡童年
在田野中
删除记忆

简单的花
繁乱的草
让虫鸣与犬吠
掩盖一段淅淅沥沥的雨声

昨夜屋角的藤蔓
又放了一节
不知道明天的那一段
将会延伸向何处

二〇一六

难以挽留

雨下得太苦了
我们躲避不开
雨哭泣
我们也哭泣

二〇二一

对赛汗塔拉的怀念

雷声过后，百草垂泪
思念在思念之上
飞鸟在飞鸟之中

无须解释祥光如何穿过暮色
无须解释宝石的光泽
或蓝或绿，或橙或黄

在赛汗塔拉大草原上
一个太阳正打量着另一个太阳
它们照亮了很多人

二〇二一

口罩晃动

晾衣架上
口罩晃动
这是有风的时候

如果有阳光
它会留下阴影

我不希望它晃动
不想看到
它的阴影

二〇二〇

在光明顶看日落

在山巅看日落，镜头里的寒冷非常可疑
迷幻的天际线沉淀了神奇光影。天都峰
莲花峰，白鹅峰……很多色彩都不说话
不怕孤独，也不会相互纠缠。迷雾遁去
群山开始撑起帷帐，准备着梦中的饵料
翠绿的松针下面，不舍离去的红色意志
开始掉落盔甲。台阶的疼痛被夜带走了
一只脚紧跟着另一只脚，生怕遇上生人
或者一只大白鹅。没有风，也没有飞鸟
数以万计的星光在打败惧怕，打败昨日
零落梦境的累累伤痕。但愿没有波澜时
在远方的太平湖里，天空仍将如此可爱

二〇二一

在光明顶看繁星

是谁让天空挂满这无数发热的寄托
是谁让我们的身体种满闪亮的电阻
月亮隐蔽之后，它们清凉的光
让无数沉默的呼吸充满孤寂

繁星穿过探海松落下来，一些成就了冰凌
一些覆盖了枯黄的高山草甸
靠近信号塔的那一部分，因为牵挂云朵
它们在掉落时就被扯进了绚烂的梦境

二〇二一

洄游（节选）

01

孤独是个哲学的词，有时是黑的，有时是白的；有时是坚强的，有时是脆弱的；有时是混沌的，有时又是清澈的。它游离在失忆的边缘。只要你拉动它，持续地拉，慢慢地拉，它就会回到你想要的样子上面来。

02

背景色纯粹得有点让人心痛。无论你怎样去涂抹，它终会复归于蔚蓝，复归于宁静。天空是，我们亦是。

03

沉……继续沉下去，沉到底，没有杂念。

04

天暗下来时，带走了很多细节。当心底只剩下烛光时，有些事物就不值得回忆了。

05

病毒很傻，傻到发烧，傻到让自己也被咳出来。

06

当你试图掩盖一些河流和山脉，掩盖一些树木和花草，也掩盖一些陈旧的人和事时，你就有了另一种萌芽的状态，这就是世界本来的面貌。

07

无论怎么删除，都删除不了内心的雨水。雨水蓄积久了，它有时是乌云，有时是闪电，有时是彩虹。

08

否定一个事物，就像在池水中投入一包染料，池水就不是之前的池水。而当你投下彩虹时，池水就会活起来，让你无端热爱。

09

自我清洁，说明自身有垃圾，或鬼。其实，自我的垃圾或鬼是循环着的，把它们挤出去，需要一定的力量。肉体世界是，精神世界亦是。

10

挺住不光意味着"一切"。挺住还意味着某种"抵抗"，和无限路径的复述。

11

谁有勇气去按亮那盏休眠的灯，谁就能赢得更多的光阴。

12

真想把蛙鸣刻进手表里。暴雨之后，蛙鸣是酸的。希望它能腐蚀我们的麻木，苏醒我们日渐忧郁的滴答声。

13

在我跑步时，大部分汗珠都背叛了我，它们希望在跑道上生根、发芽，可是它们都想错了。

14

在合理的时间、合理的地点，大雨请了个假，让我们在操场上跑了几圈。看来，大雨也是社会中的雨。

15

请不要轻易相信记录，一切结果可能都是虚幻的过去，甚至是错误的过去。

16

我们复杂的时候，影子可能也复杂。我们号叫的时候可能不是我们，而是另一些人。

真正的美只浸润你的灵魂和情感
——简评许洁的诗集《哑巴店》

张岩松

认识诗人许洁已很多年，听说他要出版一本诗集，名字叫《哑巴店》，我通过梁小斌和崔国斌两位诗人的评述文字，开始正式接触许洁的诗歌。下面，我尽量来表达我对他诗歌的看法。

诗是来历不明的。人生中有很多浓郁的部分，比如自然景色、亲情，比如某种眷恋，有时候驱赶不走它，长期地停留。很奇怪，它并没有疲倦的部分，也就是说它没有累的时候，它可以吞噬人的情感和童年那种萌芽的爱的部分，使人缄口不言，也就是哑巴店，哑巴似的不发出声音。许洁在精心地描画这种沉默不语的浓郁的东西。

雨水是从五谷庙奔向江家垅的破屋里
还是从江家垅的破屋里涌往五谷庙
暂无明确的答案。但水往下流
注定是生生不息的真理
道路上无数神秘的漩涡提示我
三百米的距离，就是庙神与父母的距离

雨水反复陈述着，如急切的絮叨
总在担忧生长或者收获的不安
它们有时南下，有时北上
到达南方的一个州
或者北方的某个省

而我从不会轻易忘却破屋里的雨水
……

　　　　　——《谁能想象暴雨是怎样打湿香炉的
　　——将农历五月十八日献给父母，也给自己》（节选）

　　许洁的笔下，有时候是稻谷、稗子，有时候是一片树叶飘落的样子，有时是母亲坐在老房子前，怅然着等他回来的情景。一棵树倒在路边，而他的父亲在地里干活时，手握农具也会咯噔一声。这些也像流水一样慢慢移动，形成按钮，也是许洁和双亲之间的秘密书信。

　　稻谷倒伏了，我们认为都是风雨造成的。许洁在南方创业，遇到很多风云变幻的事，无论事情多么繁杂都改变不了稻谷倒伏似的那种倾斜，这些都会密密麻麻地爬满他的诗行。譬如《不相信》中就有这样的诗句："不相信哑巴店的云彩是被挖掘机反复挖掘过的……不相信在栾树林里发誓的人愈来愈少……"我们说，美是令人感动的，也是令人激动不已的。其实，真正的美它只浸润你的灵魂和情感，并不发言。我相信，许洁在做一个农庄的时候，在做一片绿化土地的时候，他心中有一个框架，就是故乡的小瓦、小砖所建造的充满母爱的房子。这房子在他的世界里永远都刮着春风，等待着庄稼式的诗的降临。"在晨钟或者暮鼓时分……破屋下面大家席地而坐／守着几只杯盏，或者几个孩子……"（节选自《炊烟》）他使用纸张和钢笔记录这些，材料并不新鲜，也不突出，但有一种被袭击以后的感情忧伤，谁也驱走不了。我敢说，故乡不只是属于一个人的，美在巨大的文字推动下，每个人都有展示的权利，展示的结果并不是哗众取宠，而是他默不作声的样子，可以用文字的海涌出的每一朵浪花来陈述它。从许洁诗歌的文字中，我能读到他忠贞不渝的部分，或者是终生不移的对文字的挚爱。

> 风拉扯着，白癜风似的天空，坐立不安
> 春光之下，去年栽下的满园月季
> 有一成倒伏。这是暴雨的罪证
> 有些花儿，开得很残败
>
> 哑巴套上胶鞋，拿住铁镐
> 穿着溅了泥浆的灰布衣衫
> 一镐一镐地，小心
> 扶住那些倾斜的花香
>
> ——《哑巴店的春天》

在世人眼里，你活着的样子就是诗。也就是说我们颠沛流离，我们的信念和理想，我们的年龄，无法做减法，有一种推脱不掉的东西，它就是诗。诗是光秃秃的，它进入我们的身体，使我们严肃认真，不忸怩作态。故乡的路细长，而许洁走在上面，它仿佛就是一封投向故乡的书信，邮戳就是一张火车票，无论什么季节，他的心里都飘荡着稻谷之香。有人说，稻谷还是秧苗的时候，飘着花蕊。许洁回故乡的脚步声中，始终洋溢着稻谷之美。所谓"哑巴"，就是这种洋溢不能在自然界看到，它是一场故乡的浩劫，抢劫着许洁内心所有的空间。

有人问为什么不改变呢？爱是无法改变的。爱简单地飘荡，五谷丰登，麦苗摇曳。"父亲曾教我怎样决绝地拔掉它们……多年以后，我仍记得父亲的手势……"（节选自《稗子》）而故乡的情结有时非常短暂。童年时期种下的她的美，出落大方，不做作，也就是慢慢摇曳出她的胴体。春有春的萌动，秋有秋的丰满、华丽，冬有冬雪的凄楚，但故乡总是出落得很美，让人不敢相信。许洁的分行文字里，把这个美少女捕捉得异常楚楚动人。

一个人的创作类似于一次创业。许洁在哑巴店这块土地上创业，他栽树，这里面有十分疲倦的部分，比如人际关系。实际上，在一个地方待久了会泯灭一个诗人的感觉。现代文字的长处是，泯灭了依然可以在灯下把它挑出来，类似一个豆油灯，挑一下就亮了。诗人的可贵之处就是，无论际遇如何，诗仍然充盈着他的生活，有这种样貌的就可称作诗人。当年，大艺术家徐渭曾经也去创业，去胡宗宪那里做幕僚。后来胡宗宪倒台了，他被牵连，于是他笔下就画了很多孤苦的葡萄，他的艺术感觉就是零落，笔墨枯竭，这正是徐渭流芳百世的魅力所在。而许洁在创业的时候，他的文字会保留着对故乡的情感和稻谷的味道，只是有了风雨过后的剥蚀，并充斥着他后面的创作。一个绝美的人生图景，被剥蚀感浸染着、打败着，笔下残留的不是狼狈，而是拨开晨雾一样弥漫的面纱，出落成十六岁少女的样子。我想，这是他的文字价值所在。如果这是一场劫掠的话，我想谁也夺不走历经波折的诗人字里行间原有的美艳之处。一顿酒后，他会用披头散发的文字陈述出来，打击着没有优美境界的诗人的作品。不经风雨，这种境界是异常脆弱的，特别在当代，诗具有无法搬家、无法移走的品性，而诗人就是保留这种美轮美奂的感觉的人。苦难会袭击诗人，会弄垮诗人，但原生态的无法更改的情感、迷恋，会始终占据着诗人许洁很漫长的生活步履。这就是说爱是无法替代的，它既没有来路，也没有去处，就是淡然地、浓郁地锈死在诗人许洁身上，天下没有任何工具可以解除这种锈蚀。像《稗子》《雷声让我想到哑巴店》《在五谷庙》等就极具此种意味。

在一个守林人荒凉的酒盅里
有时是疼痛的树，有时是愤怒的草
有时是哐当哐当挖掘不尽的羁途
　　　　　——《雷声让我想到哑巴店》（节选）

种种迹象表明，许洁不是写一种残留，有些东西是掠夺不了的，这大概就是美和崇拜。我们可以看见一个人匍匐在地的那种崇拜，在我看来那是做作的，这种状态不能移植到诗里。简单地讲，诗意一旦出现，一旦出落成丰满的似庙里的东西，它就形成某些苦涩的部分。这苦涩你不能把它拿走，拿走了它的命就不在了。"我的母亲曾经跪在蒲团上／一次又一次地等着西边的金光照进庙堂。"（节选自《在五谷庙》）一个缺口式的出现，是诗人失魂落魄的东西。我通过许洁的文字，有些是忙忙碌碌的过渡性文字，有时要拨开文字的覆盖，而把原初的美的闪动了这块灼热的部分慢慢放大，这是他心中扑通跳动的诗，仅此而已。

> 看到太阳时，已近正午了
> 绿色笼罩着它。病树——
> 还在病中。一晃而过的太阳
> 把撕烂的光，打在它身上
>
> ——《一棵病树》（节选）

大家都认为诗是许洁写的，而我认为有一种力量在移动他的手。美艳和情感的纯粹一旦出现，它会占领你的每一口呼吸、每一次叮咚，水滴滴落及每一种变形。而诗人就被这种力量所作用和左右着，无法逃脱，被迫呈现诗本身。在这种情境中，你的创作、你的记录、你的翻越文字的山峦、你的泥泞，都无法抹去。

二〇二四年六月二十七日于合肥

我宁愿落叶是一枚尖锐的铁蒺藜

西边

不久前，在一次诗友小聚时，一位朋友说，我们有不少诗人写出的诗，无法做到诗与人合二为一，往往是相互分裂，甚至是颠倒反向的。

这话有道理。

最近集中阅读朋友许洁的作品，就想到了这话。而许洁，正是一位人如其诗的写作者，是以努力表达自我和探索人生为写作使命的真诗人。他的诗敦厚而简约，如其待人接物，自然流露出敦厚率真的一面，高度契合言近而意远的特质。

通观许洁近年来的诗歌作品，他的诗多用简洁白描的手法，以此表达丰富的内涵。他的诗多以自然景象、人物和事物为切入点，通过意象和情感交融加以呈现。他善用象征之类的手法，使作品内质透彻，而外呈简练。他的诗歌结构总体看来并不算复杂，但这种简单的结构却具有内在的乐感，或者说，强烈的韵律感。加之其文本多以自然为主题，以天地万物变化喻人生悲欢离合，表现生命的脆弱与美好，并弥散出独有的地域气息，往往更易激发读者的想象与共鸣。

许洁的诗，语言凝练而深入，多抒发感悟，情感表现较直接，往往短短数十行，就能折射出丰富乃至庞杂的内在世界。仅就我读到的这一组诗来看，其诗多以亲身经历的事件为基础，有些铭刻于内的暗场记忆会不时从字里行间跳出来，让读者感受到诗人所遭逢的情志裂变，并自然地关注许洁由此伸展开的观察与思考触须。

《我宁愿落叶是一枚尖锐的铁蒺藜》就是一首具有代表性的作品。它以看似简单的语言和细致生动的情境来表达感怀。"我宁愿它们都是从树上摔下来的。"这是写路遇落叶而心生怜悯，想到这落叶与平凡的人们多相似。那些离土的人与物，总是这样，孤独地死去，悄无声息地湮灭，仿佛从未存在过。它们从枝头的故园或故园的枝头坠落远去，有一些甚至不能归根。那么，不妨做一枚尖锐的铁蒺藜吧。"我宁愿它们叮叮当当，伤痕累累／我宁愿它们能在林荫道上／认真拦住我们的路／我宁愿你踩上去时／能把一半的尖叫声分给它们。"这些句子铿锵有力，诗人希望落叶"都能大哭一场"，希望这些生命不甘宿命摆布，要能努力证明自己曾活过、爱过、恨过、对抗过、呐喊过，然后壮烈地死去，像那些远在历史尘烟深处里的嵇中散。

《雷声让我想到哑巴店》一诗流露出人生的不安、彷徨和挣扎。哑巴店是安徽长丰岗集镇的一个微小地标，在当地有一定名气。当然，在广袤的中国，叫哑巴店的地方很多，这里的哑巴店只是其中微不足道的一个。然而，这个词语在许洁的诗中频繁地出现，被寄寓了某种难言的情感。

"秋天的雷声向原野发出问候／闪电把枝头上的留恋照白了。"这是非常精彩的句子，枝头残留的果子或树叶被闪电照白。而"窗外骤雨如箭，尘埃和眺望纷纷坠落"，"骤雨如箭"与纷纷坠落的"眺望"相照应。"眺望"本是动词,在这里被灵活地用作名词,这是古汉语常见的文法习惯,现代汉语中很少见到。以"尘埃和眺望纷纷坠落"来写雨之密集,足以遮掩远眺的视线。人生岂不就像这样,时而有密雨带来视域里的忽明忽暗。哑巴店,在恍惚的秋雷和骤雨中再度浮现:那是一个人守护一个农庄、一大片的林田,那是一个人在入夜后的独自饮酒。四围草树也具备守林人同样的情愫,或是疼痛或是愤怒。我们可以合理想象,那是怎样一段步履艰难、磕磕绊绊的人生经历,一段挖掘机哐当哐当巨响,试图拆除的往事。

《两个柿子携手坠落》以柿子为主角,隐射生活的起伏与坚持:"坚强也有累的时候,譬如荷花/譬如荷。"此刻,虫鸣声如涨潮,而闲情如昔,依旧是悲哉秋之为气,有无边落木萧萧下的壮阔与悲凉,也有通红柿子坠落时的细腻哀婉。是啊,有什么事物真能对抗时间的侵蚀?

"寒露来临之前,月光被黑吃掉了/整栋整栋的灯火也在骤然熄灭。"黑,是因为月光,是因为夜深,可又不仅因为这些。限电后,被城市霓虹改写过的湖水又迅速恢复到老样子,夜晚的一切光与影都在衰变,最后只剩下"潮湿的雷声"。"潮湿"一词用得精妙,我们可以由此看出诗人的炼字功夫之深。诗到这里,笔锋又一转,哑巴店再度出现:"哑巴店的镰刀已经开始生锈了。"这里的文本中,多出一把锈蚀的镰刀。此一句,会令很多读者困惑。这其实就是提醒我们,要解读一位诗人的作品,绝不能孤立地面对某一首作品,而要与其前后作品关联起来展开阅读,这是知人论世的朴素道理。正如我们去观察一片树叶,时常要凝视它寄存的枝头是否在风中晃动,看它依存而生的硕大树干和时而翻卷的浓密的树叶之海。

2016 年，许洁在哑巴店投资的吉蔓农庄正式开业。诗人欣喜之余，曾写下一组诗，其中就有"镰刀"一词在闪光。我们或可理解为，诗人对少年时田园生活的追忆或试图实现重新拥抱农耕时代的梦想。然而，寒露已降，林田将芜胡不归？"我担心没有镰刀的哑巴，他的笑容／将随亢奋的梦境一起坍塌。"此句产生三重指向：一是自己从哑巴店吉蔓农庄依依不舍地离别，带着破碎的梦；二是离土后的农民是否还是农民，其命运将取决于什么；三是诗人自己，也就是哑巴的化身，面对着草木世界，他已无话可说。由此观之，这就有了深远的况味。

《在五谷庙》是以稻子和庙宇为意象，让读者深切感受到安宁、静谧和虔诚。这首诗起笔描写五谷庙周遭的稻谷，明喻成熟稻子的谦逊品质与自己的父老乡亲具备着很高的相似度。诗人对流亡的那颗星铭刻于内，也是对自身生活的反思，通过对星星的描绘，显现愧怍之意，并凸显当下无可言说的孤独。"无须辨识谁的车辆停驻庙前，三分钟的静默／灯光吸引了一群又一群带有稻香的喜庆飞虫。"庙前车辆和灯光吸引带稻香的飞虫，记忆里的庙会是欢腾的。而自己则是一棵长坏了的稗子，立于稻林中，又侥幸获得众神的宽恕。这里表达的是感恩，而这感恩，其实与神佛并无多少关系，一切归因于蒲团上虔诚跪拜的母亲。她时常这样跪地祈福，为自己的孩子，为自己的家庭。而这种爱和虔诚，本身就像照进庙堂的夕阳，会让她镀上一层不会褪色的神圣金辉。

《稗子》抒写对做人保持真诚的肯定与坚持。诗人忆及父亲教他如何拔掉稗子，走进稻禾的海，稻禾会缠绕住他，"每移动一步／都会留下一些悲壮的花絮"。在海一样的包围中，要识别一株稗草很难。识稗难，而在茫茫人海，识别真假更难。这是由对稗子的思考而切进，暗示人与稗子间的相似。稗草，有与其外在不相称的巨大根系，而人类，何尝不是有瞬息万变无从捉摸的复杂内心？诗人想到父亲的做法，发现一株稗草，果决地将其抛到岸上，任由落地的泥浆四下飞溅。这首诗的结尾，表达了一种信念——不做被父亲拔漏掉的稗子，而要做一秆稻，并保持本来就有的淡淡稻香。

《但愿人长久》以月亮为线，表达对远方的思念和对爱的渴慕。首句照应"千里共婵娟"，用"高山上的月亮照亮高山，流水中的月亮／追逐流水"一句缠绕着表达，值得细加揣摩。月亮神秘，不可捉摸。诗人又对窗外的景致展开描述，要偷听火车的声音，与后文相关联，应该是想表达对远方的向往。"风太轻了，难以载动远方的消息"，远方是遥远的，是不可抵达的。饮过几杯桂花酒，月亮开始在诗人心头晃动。广寒宫的嫦娥、仰望星空的后羿，这些都是可以让我们联系到的传说。诗人"痴痴地盯着她，像盯一件久违的瓷器"，这时，瓷器之哑光与月光重叠，也与远方的爱人重合。这首诗语言简洁，用词清新，唯美抒情中，内里的层次是比较丰富的。

《我确信我照亮了一个人》颇有禅意。诗人欲将心事打成蝴蝶结，希望心事彻底消失，可心事像蝴蝶一样不断飞回，且沾上潮湿，带着苦难和孤独，它沉重，难以摆脱。不过，好在还有月亮，月亮会照亮这些潮湿、苦难、孤独，她具备神奇的愈合力量。"她照亮了我／照亮了那些平常难以深入的迷途"，这是感激与依赖。月亮照亮我，而我也应借着这圣洁之光，去照亮周围，"照亮泪痕／照亮疾病，照亮那些悬浮人世的虚空繁华"。诗歌语言流畅晓白，抒情性很强而又深蓄哲思，闪现出人文主义光彩。

《不相信》一诗通过列举一系列看似不可思议的事，表达对世界的怀疑和对人性的探究。诗语言有反讽意味，幽默而富有想象力，也展示出诗人看世界时偶尔冷峻的一面。《间隙之二》同样简洁明了，用词精准，充满哲理和思辨气息，通过描述不同场景与感受，表达对生命、对世界的思索。《间隙之四》回忆妈妈的故事，表达对生活的感悟和对亲情的珍视。诗语言平实朴素，有细节，有深情，包含对家庭和生活的深刻理解。

总的说来，许洁的诗充满独特的感性力量，他扎根于自身的深刻体验，演化出一首首高质量的诗作。其诗生动鲜活地传达出苦闷、挣扎和无奈，同时，也传递出更多的美好与期待。

简约的语言，却能抒发大部分普通人拥有而又隐藏的深沉情感，这就是诗。

让我们重新读他的句子——"我宁愿落叶是一枚尖锐的铁蒺藜"，我相信，会引起更多读者内心的共鸣与游思。

二〇二三年三月二十七日于合肥长丰

时间在地点上获得理解
——读许洁诗集《哑巴店》

崔国斌

　　读许洁的诗读得多了，便读出了一种时间感。这种时间感不是时间本身，而是时间被转化为"经验的特征"。在我看来，这也是对许洁诗歌的一种"打开方式"。

　　说到时间感，就不能不说到时间。这要从一个问题开始：那些流逝的、不可见的时间如何"存在"，又在哪儿呢？事实上，人们总是通过意义来表明时间的存在。这种习以为常的证明方式，将时间奠基于存在论，其核心是要有"意义"。可以认为，这个意义之所以成为意义，简而言之，是因为它具有记忆的性质（不是记忆）。就诗歌而言，这个"记忆的性质"所对应的，则是语言表达出的"经验的特征"。借保罗·利科的话来说："如果时间以叙述的方式被说出，那么它就成为人类时间；相反，如果叙事描述了时间经验的特征，那么它就是有意义的。"可见，意义不是时间"析出"的东西，而是内心存有的"记忆的性质"或语言表达出的"经验的特征"。这样理解之后，再回到开头所说的时间感，就可以得到这样的"回答"：正是因为有了意义的表达，流逝的、不可见的时间才得以存在。

当然，有意义的表达不等于表达意义，否则就不是诗歌了。在《在五谷庙》中，许洁这样写道：

今夜星星无数，我只铭记了流亡的那颗
四十多年的愧疚，究竟能滑向何方

不难看出，诗人非常在意"过去"的时间。对他来说，其中的意义在"当时"并不知道，只是"以后"才得以知晓。在这首诗中，诗人把过去和未来都置于"今夜"。"今夜星星无数"，应该是他再熟悉不过的场景了。但这句诗产生的代入感，其实不是自然天象，而是他踏入社会前的村庄时代。接下来的一句"我只铭记了流亡的那颗"，实际上传达了两个层面的东西：一是在时间关系中，无数星星中流亡的"那颗"是"今夜"所见，与"曾经"的所见并无二致，而"这时"由于经历的介入，同样的景象就有了时间经验的特征；二是在因果关系中，"四十多年的愧疚"可以说是由时间经验生成的一个心态上的结果，并且这个结果还处于未完成的状态，或者说正是这种仍在完成状态的"愧疚"心态，让他从"那颗"流亡的星星上看到了自己，以至于不禁发出一声内心的自问，"究竟能滑向何方"？

从"记忆的性质"到"经验的特征"，时间存在于看上去不变的星空和从星空中划过的那颗流星。这其实是诗人的一个隐喻，是一个承载着意义的意象结构。在这里，时间的视觉化，同时也是时间的心理化。值得注意的是"愧疚"这个词：作为时间的"过去"，因为转化（压缩和忽略的结果）而被缩短了，也因为转化（形成和认定的结果）而被延长了，甚至诗人对未来的期待，都离不开心灵深处的那个辨别结构。

更重要的是，虽然时间感来自天象，但不要忘了观天的地点。换言之，在诗人的意识里，让时间"忽然"得到触发和强化的是什么？是"五谷庙"。

"五谷庙"是诗人的故乡，亦为诗人的出发之地。而一旦出发，也就预示着诗人的离开，并将进入新的时间。这样一来，出发之地也是离开之地：虽然在日常生活中他可以常常"回来"，但作为人生却是无法"回头"的。于是，时间便"交错"了起来。这也意味着，诗人"四十多年的愧疚"，因"五谷庙"而生，又来自"别处"。

诗人的"别处"之一，或者说有着更强"时间性"的别处，是"哑巴店"。

> 谁能知晓忽明忽暗的哑巴店
> 在一个守林人荒凉的酒盅里
> 有时是疼痛的树，有时是愤怒的草
> 有时是哐当哐当挖掘不尽的羁途
> ——《雷声让我想到哑巴店》（节选）

这是"哑巴店"的某个时刻。它对应于秋天里伴着闪电的雷声、雷声、闪电之下的原野，以及枝头和窗外如箭的骤雨，等等。如果没有这些意象的空间，就很难进入那触动人心的时间，也就很难理解守林人酒盅里浮现的一切。"哑巴店"的存在，无疑是对时间的呈现。更准确地说，没有"哑巴店"，那些时间便荡然无存。"要下雨了／飞鸟将飞离你的旷野／天空将淋湿你的归途／／

电线杆被电线搀扶着／刺刺的老火花／将如何打破世间的静谧。"
（节选自《要下雨的哑巴店》）在诗人的笔下，由具体而抽象，
由所见到所思，莫不源于对"哑巴店"的体验，且借此获得时间。
而理解，就在其中：作为"过去"的时间被延长，亦即作为"过去"
的时间与作为"现在"的时间时而平行、时而交叉、时而互换；
有意思的是，时间恰恰因为"失去"才得以存在。而诗人想要表
达的，正是这样一种失去的时间——

　　我承认我是一棵曾经长坏了的稗子
　　我承认我是一棵立于稻林被众神宽恕了的

　　轻飘飘的稗子。……
　　　　　　　　　　　　　　——《在五谷庙》（节选）

　　如果说星空中的流星牵出了诗人的"愧疚"，那么以"稗子"
来自比，落于字里行间的则是诗人的"谦卑"。如同"愧疚"那样，"谦
卑"仍然是时间被压缩进心灵的一个关键词。当然，他是在写诗，
写出的仍然是时间的转化，是作为时间经验特征的对应物的出现。
当"谦卑"这个词对应的形象（稗子）出现在心里时，四十多年
的时间便被压缩了、被缩短了，由此也被延长了。在另一首诗里，
他还是用"稗子"来写自己："多年以后，我仍记得父亲的手
势／我希望自己不是被他拔漏掉的那棵稗子／我希望我，还能保
持一股淡淡的稻香味。"（节选自《稗子》）显然，这样一颗"谦卑"
之心，来自时间的洗礼，也将这种时间经验的特征以"保持"的
方式引向了未来。或许，这就是诗人看待自己和理解世界的信念。

哲人有言，理解是爱的一种形式。对许洁来说，时间的失去，并不是无，而是更多。然而面对不可避免的失去，对于内心珍视的东西，却不需要很多，而是需要重新去爱。

在哑巴店，艳遇这片树木和池塘也就够了
重新爱上一些事物吧，把黑夜撕到日历之外
可有些痛还在呼吸之中来回蹿动，有些叫喊
还会跑到天上，划出道道伤痕

——《在哑巴店》（节选）

所谓重新去爱，当然是获得了对时间的理解之后更为深沉的那种爱。其中，有诗人诸多的自述。从许洁的这些诗歌中，能让人读出的另一个词是"怜悯"。

在哑巴店，我监视过那些年迈的工人
我大声训斥过整片的流水和树木
我令人杀过鱼、宰过鸡、打过狗
灭过一些可贵的良知、忏悔与爱
而现在蝉音已远，孤零零的蝉衣
紧抓树干，谁能保证它能坚持多久啊

——《小雪抒情》（节选）

那是另一个时间里的自己。诗人经由自我否定，认定了内心底层的东西："感谢你，把雪扔到哑巴店来／扔到偏僻的农庄来。这洁白之心／打到我身上，狠狠地／打出了我今生所有的寒凉与过错。"（节选自《小雪抒情》）现实中，一个人的确难以按内心来生活。但一个人的可贵，是知道自己的内心，正如"此刻我深爱你／也爱那些来不及融化的洁白的暖"（节选自《小雪抒情》）。这种内心的暖，是一个人自我的冲突，更是一种保持着的怜悯。不过，一个内心柔软的人，可能更容易在"坚硬"的世界里受挫。当我读到"坚强也有累的时候，譬如荷花／譬如荷。譬如在虫鸣抵达高潮之后／两个柿子携手坠落／／它们放弃了硬的部分／寒露来临之前，月光被黑吃掉了／整栋整栋的灯火也在骤然渐灭"（节选自《两个柿子携手坠落》）时，我想，使怜悯得到加强的，不只是自己反对自己这么直接，更在于一个人即使带着伤痕，仍然保持着一颗怜悯之心。时间经验的特征在一个人的心里就是这么奇特。

诗人极力寻找着客观对应物，实际上是在时间里"观我"。

月亮不只看我，也看千里之外的女子
高山上的月亮照亮高山，流水中的月亮
追逐流水。我倚立窗前，想偷听火车的声音
可是风太轻了，难以载动远方的消息
饮过几杯桂花酒，月亮便在心头晃了起来
她晃啊晃啊，又晃到了对面的屋顶上
我痴痴地盯着她，像盯一件久违的瓷器

——《但愿人长久》

这首诗无疑是对"但愿人长久，千里共婵娟"的借题发挥。虽然这是一个俗套的题材，但读到诸如"高山上的月亮照亮高山，流水中的月亮／追逐流水。……"这样的句子，能够让人体会到时间的静默。与《在五谷庙》等诗不同的是，这首诗不是因某个地点而触发，而是因地点之间的远距离才去凝望；这首诗也不是时间经验的概括式书写，而是通过对事物的细微观察抵达时间的恒久。同样是观察，《看见巢湖》这首诗让我看到了时间的自在和生息："那些芦苇，不是我去年见过的芦苇／而今年，它们又步入老年……"

不能不说，时间需要在地点上获得理解，也只有在地点上，时间才能获得理解。今天，当我们感叹"时间过得真快呀"，要么就是因为全神贯注而不知不觉，要么就是因为"虚度"而无知无觉。其实，为我们打开时间的，往往就是地点。

这当然与诗人的体验有关。如果说"五谷庙"是他的出发地点，那么"哑巴店"则是他的抵达之处。按理说，"别处"，亦即"哑巴店"，应该是抒发乡愁之地。这乡愁，又应该对"五谷庙"抒发。但读了这些诗之后发现，诗人笔下的"哑巴店"并没有多少乡愁的成分，至于诗人对"五谷庙"的书写，似乎也不是通常所理解的乡愁。

对于许洁来说，在"哑巴店"也是在"五谷庙"，反之亦然。由于时间可以是一种自我的空间，所以任何时间都是地点上的。故而内化的时间，可以在"间隙"中随时到来："天空明显暗了下来。烛光努力保持着光明"（节选自《间隙之四》），"后山的紫薇花已开始谢幕了／花瓣如浮尘，又如前山的曚昽暮色／偶尔打扰我一路向北的豪华梦境"（节选自《间隙之二》）。诗人甚至以"间隙"为主题，写下了系列诗歌。时间的"交错"也是空间的"交错"，诗人写道："在泸州城，酒香都挂在每一条树枝上""此刻我正在想念家乡，星光下的庐州／有一群经过长江到达巢湖的怀孕的鱼儿／谁也不知道它们饮过的沱江水"（节选自《在泸州，抑或庐州》）。精神的意义，只有在时间过去之后才能心领神会，只有在另一个地方才能心知肚明。

其实，无论是不解的"哑巴店"这个地名，还是"哑巴店"作为城市化的未来，都不是诗人关心的重点。他所表达的，是来自内心的体验：

> 不相信哑巴店的云彩是被挖掘机
> 反复挖掘过的。不相信那些鱼儿
> 会在暴雨天私奔。不相信模糊的
> 泪眼其实是清澈的。不相信闪电
> 反复撕裂的天空仍然呈现蔚蓝色
> 不相信刺猬会跑到农庄门口哭诉
> 不相信小黄狗还会蹿回我的怀里
> 不相信大平塘有朝一日就不是塘
> 不相信在栾树林里发誓的人愈来
> 愈少。不相信南瓜会像企图一样
> 烂在地里。不相信梦想跟红灯笼
> 似的正逐渐褪色。不相信一个人
> 不打招呼就直挺挺躲到鲜花丛中
>
> ——《不相信》

诗人的这种体验有着独特的笔法。正如斯宾诺莎所说的那样，一切认定都是否定。他把这首《不相信》排成长方形，想刻意表达什么？或许可以认为，他是想通过这种想要的"形状"，来表明他想要达到的"认定"。当这种认定通过否定表达出来时，实质上是对认定的"认定"。《我宁愿落叶是一枚尖锐的铁蒺藜》这首诗，依然是以否定的形式出现的："我宁愿它们都是从树上摔下来的／我宁愿它们叮叮当当，伤痕累累／我宁愿它们能在林荫道上／认真拦住我们的路／我宁愿你踩上去时／能把一半的尖叫声分给它们／我宁愿它们离开故园时／都能大哭一场。""蒺藜"属草本植物，据说因为刺触伤人，疾而且利，故名蒺藜。而"铁蒺藜"，指的是中国古代一种军用的装有铁质尖刺的兵器。显然，"落叶"不是"蒺藜"，更不可能是"铁蒺藜"。但如果说"铁蒺藜"是诗人对"落叶"的比喻，好像也不太准确。其实，这不是一个比喻，而是否定中的认定。不过，这种否定较之于《不相信》一诗，不是用那种说"不"的口吻，而是用"宁愿……"的句式来表达。值得思考的是，诗人既然认同的是"铁蒺藜"，他为何不直接写"铁蒺藜"？诗人如果要写的是"落叶"，他又为何不直接写"落叶"？因为，他要写的是他"宁愿"认为的那种"落叶"。

不难听出，在否定之中，一种认定的声音加强了诗歌的表现力。

作为诗人的许洁，以自己的方式体验着时间，同时改造着自己的世界。在他的眼里，"生长明月的哑巴店，也在生长遥望和种子／它们不动声色地扎根，不动声色地抓住天空和鸟鸣"（节选自《一万棵栾树在生长遥望》）——他看到的，可能是他无数次看到的。在他的眼里，"哑巴套上胶鞋，拿住铁镐／穿着溅了泥浆的灰布衣衫／一镐一镐地，小心／扶住那些倾斜的花香"（节选自《哑巴店的春天》）——他想象的，有可能是他无数次的想象。

这便是许洁的时间感：从"五谷庙"到"哑巴店"，"记忆的性质"混淆着一切地点。但他笔下的时间，并不是关于某地的时间，而是他自己的时间。

二○二四年六月十一日初稿
二○二四年六月二十五日定稿

两个故乡与现实生活的回响
——浅读许洁的诗

张建新

　　前些时候，因机缘巧合，许无咎开车送我和许洁回家，经过许洁的家乡宿松县五谷村时，他邀请我留下来，但时间不允许，我匆匆离开。回想他对家乡的介绍，言语里充满了情感。他从年轻时外出求学到后来在外工作打拼，长年难得回家一次，这几年估计回来次数多了一些。

　　许洁的诗里除了五谷村，还有一个多次出现的地方，就是合肥长丰的哑巴店。这是许洁四处创业最终确立的地方，他在这里经营一片园林。如果说生他养他的五谷村是许洁原初情感的贮藏之地，那么，哑巴店就是他自主选择的一个地方，也可以说是他的另一个故乡。五谷村和哑巴店这两个故乡构成了许洁的双重精神地标，在某种意义上，他的诗也是在这两个精神地标上的回响，或者说以故乡为圆心的写作。

　　一直以来，故土是诗歌写作的一个重要元素，也是诗人的精神寄托之地，所以写故乡的诗不胜枚举。对于我和许洁这批 20 世纪 70 年代出生的人来说，我们对故乡的情感是复杂和微妙的，对它又爱又恨，表现为急于逃离它，又无法放下它。贫瘠的生活令我们逃离，而情感却紧紧攫住我们，难以割舍，这种复杂情感如许洁在诗里说的那样："我宁愿它们离开故园时／都能大哭一场。"

我想，故乡存在的基本条件有二，一是因为有亲人的存在，二是因为有自己人生的印迹，否则，故乡就会很容易在内心里崩塌，仅成为一个没有温度的地名。

在五谷村，父亲对许洁的教育一直在血脉里流淌，并影响着他，他在《稗子》一诗里就写道："多年以后，我仍记得父亲的手势／我希望自己不是被他拔漏掉的那棵稗子／我希望我，还能保持一股淡淡的稻香味。"相比父亲这种有意无意中的言传身教，母亲则用无言的温柔慈祥影响着他："我的母亲曾经跪在蒲团上／一次又一次地等着西边的金光照进庙堂。"（节选自《在五谷庙》）在他心里，母亲一直在庇护着他。

人的一生，最终是需要寻找一处精神的依赖和心灵的归宿，对于许洁而言，五谷村主要以情感为系，有不可选择的被动性，哑巴店则更多突显了他的主动性，他在打造只属于自己个体的精神家园。他生活在这个相对陌生的地方，通过观察、进入和思考，形成了他的诗。

《在哑巴店》一诗开头，许洁就直接说出"在哑巴店，百年老店不见了，可哑巴还在"，这句略显突兀却不容反驳的话给哑巴店进行了定性，"百年老店不见了"是肉眼可见的既成事实，"哑巴还在"则是他内心虚构的事实，显然含有某种寓意。但在他的另一首《哑巴店的春天》里，我竟然找到了这样的哑巴："哑巴套上胶鞋，拿住铁镐／穿着溅了泥浆的灰布衣衫／一镐一镐地，小心／扶住那些倾斜的花香。"这里的"哑巴"我理解的并不是指某一个特定的人，可能是他自己，也可能是所有人。所以，从这点也可以看出，许洁主动把自己放置在普罗大众之间，去思考和感受他们，而非仅限于"小我"。

面对生他养他的五谷村，因情感而小心翼翼地维护（情感有时也是某种羁绊），而在作为另一个故乡的哑巴店，许洁显得更为放松自如，思绪飞扬，他可以无所顾忌地直面任何事物。因此，就诗而言，哑巴店更有价值，可以令他敞开，也能真正体现出他的诗的风貌。

在具体的诗文本上，许洁关注人在这个世界的生存状态，关注世道人心，将它们写进诗里。如：《破碎机》中"路费上涨了，十二个小时的大巴／它的噪音，不比这台破碎机沙哑／／废弃的鞋底，一百分贝的钝响／敲打着这个冬天归途的凹凸"展现出生活的艰辛；《哑巴店的雨》中"招牌被雨水越擦越亮。路边手书的／哑巴店有些古意。风起时，灯灭了／不知道闪电那边，谁在大声讲话"表达出生存的迷惘和困惑；《暴雨》中"池塘满了，河道满了，大路小路都满了／痛在抢险之中……在混沌的天空之下／真想掐断这些雨"表达了他的悲悯和愤怒；《要下雨的哑巴店》中"比梦境更烦乱的阵阵闪电／将如何解散你所有的乌云"表达了焦虑；《间隙之四》中"天空明显暗了下来。烛光努力保持着光明"表达了在艰难中还保留着期望；等等。

因此，许洁的诗是基于现实生活的诗，出自鲜活生活的体验之诗。他用朴实的语言和真挚情感将所见所思所感诉诸笔端，以此安放自己的爱与痛，对于他而言，这是最好的方式。

二〇二四年元月二日于望江

铁轨从不放弃
——许洁诗歌读札

黄涌

　　我一直以为，许洁是一个"好"诗人，凡认识他的人都会留有如此印象。

　　他的"好"，在我看来，源于他的朴实、稳重和纯粹的性格特征。朴实和稳重成就了许洁这些年的"生意经"，让他在生意场上游刃有余；而纯粹则源于许洁内心深处无法熄灭的诗情。

　　从读大学开始，许洁便参与校园诗社的创立和诗歌报的编辑。那时的他，为写诗逃课、熬夜、奔波，激情澎湃地干着与自己前程无关的事业。毕业后，即使遭遇生活困顿，工作一波三折，但他从未放弃过写诗，也从未放弃与诗歌有关的"事业"——编杂志、开办诗歌论坛、参与诗歌活动……这是一个将写诗当成人生唯一"志业"的诗人，他的内心深处激荡着的是一股无法磨灭的青春激情。

　　曾经有很长一段时间，许洁将这份青春激情写进了自己的诗歌里——

　　我宁愿它们都是从树上摔下来的

我宁愿它们叮叮当当，伤痕累累
我宁愿它们能在林荫道上
认真拦住我们的路
我宁愿你踩上去时
能把一半的尖叫声分给它们
我宁愿它们离开故园时
都能大哭一场
——《我宁愿落叶是一枚尖锐的铁蒺藜》

艾略特曾说过，一个诗人过了二十五岁，他要想继续写作并提升的话，就必须具备"历史意识"——"这种历史意识包括一种感觉，即不仅感觉到过去的过去性，而且也感觉到它的现在性……"

艾略特所说的"历史感"换到当下语境里却异化成了"捧着保温杯"的精神状态。

"保温杯"是一种社会隐喻，即人到一定年龄，需要向社会作出妥协。无疑，许洁也深刻体会到这一变化。他在诗歌里这样写道：

雨过之后，地板都要急出汗来
隐忍了很久的喷嚏，想止痒的灭蚊灯
让失眠的房价步步高涨

口干舌燥的示儿，蘸着胡椒水的爱情
想吃黑的老窗帘，不断啃电的朋友圈

赞与不赞，都要刷新几个陪伴的影子

……

靠在床上的中年人，让一朵含泪的小棉花

供出了肌肤里麻木的针……

———《初夏，无法入定的中年》（节选）

这首《初夏，无法入定的中年》是许洁在经历多年写作探索之后，忽然被一种"无法入定"的中年拽住而尝试的一种改变。

在诗里，他写出了一个诗人进入中年之后所面对的各种迷惘与困境：高涨的房价、无可奈何的子女教育、胡椒水的爱情、新型微信朋友圈的交往……而这一切都让这个"中年诗人""供出了肌肤里麻木的针"。当青春业已逝去，人到中年，面对的是社会各种生存挤压，需要具备强大的抗压意识。但这种抗压的精神状态，与自己年轻时候的理想显然是相悖的。诗人一边感喟着青春一去不再，另一边又必须像"麻木的针"一样应付着生活中的一切。

虽然青春总会散去，但青春的理想与激情永不会幻灭。站在中年的门槛内回望青春时代，青春留给我们的印记总是唯一的——青春可以失败，但属于青春的诗不能失败。因为诗需要向"青春的幽灵"致敬！

大约正因如此，许洁一直坚持在诗歌里"抒情"。

清晨，腹中有两声鸟鸣

雨打着雨花，未等结果就落了

时令继续演绎，而青禾尚未醒来

成熟之美，将如何保留清晰

小满不是真满。这个节令
像悬挂的点滴，总有止不住的信任
和担忧。雨依然在下，大地依然在
描述，用绽放的花和变色的果

　　　　　　　　——《小满抒情》（节选）

　　许洁式的"抒情"多是以一种观察和自我融入的方式进入诗当中。

　　"三秋已经过去，我需要覆盖我的丑陋／请让它们打下来吧，像呼啸的子弹""谁还在乎麦子的颜色啊／我默默地想，默默地观望着／哪朵乌云能遮挡明天的彩虹呢"……

　　他试图通过这样的"抒情"，来摆脱压在自己生活中的各种包袱。他的诗歌因此也多流露出犹疑、伤感和不舍的情绪。

　　这是一个尚未真正进入"时光的深宅大院"的诗人，用来宣泄自己情绪的方式——一种无法拥抱远方却又不甘于沦落日常的生活感伤。

　　而这恰是许洁写作的全部意义所在！诚如他自己的诗句——

但铁轨从不放弃。哪怕只剩下一个人
也从不改变它的光滑

　　　　　　　　——《雨中的铁道》（节选）

　　　　二〇二四年六月二十六日于合肥改定

后记

　　哑巴店是一个老地名，位于长丰县岗集镇卧龙山村。对我而言，它不仅仅是一个具象的地名，还是一个意象复杂的寓所。2012年4月6日，我从福建泉州赶赴哑巴店履职。一年以后，我和我的朋友们爱上了哑巴店的那片树木，于是我果断辞职，把自己"种"在了哑巴店。

　　梦想和现实是一把双刃剑，我舞着舞着就累了，有时还会伤到自己。土地的能量惊人，容不得你去欺骗和亵渎。这些年来，哑巴店就是我的人生课堂，它教会我说话，也教会我不说话。

　　哑巴店还真有哑巴。我曾遇到一个帮我们种树的哑巴工人。哑巴姓罗，五十多岁，有事没事喜欢跟我比画。慢慢地，我也习惯了跟他交流。一个秋天的正午，在我们林地比邻坟岗的一个高坡上，我看到哑巴双手枕头躺在草地上，静静地望着天上的云朵。那是一个天高气爽的季节，哑巴想什么，我不知道，但我知道他是忧郁的。我不敢惊动他，我也像哑巴一样，跟他一起望着那朵我认为是肤浅的云。那是一朵不会下雨的云，一朵喜欢沾染霞光的云，也是一朵应该受到批判的云。望着望着，我就悄悄地离开了哑巴。

一朵不会下雨的云，对我们园林有什么用呢？我种树，我浇水，一天一天地，连天上的云朵都不眷顾。那么大一片树木，都在排队等着我们浇水，有的等着等着，就死了心。我意识到雨水对于我们园林的意义，我甚至可以为它们放声大哭。

但哑巴店也不光有树，还有大平塘里的鱼。大平塘里的鱼是我们放养的，养着养着，鱼儿就知道我们饲养的规律。当我在池塘边敲打脸盆的时候，一群群的鱼儿就露出黑脊背，从四面八方聚拢过来。它们浩浩荡荡，争先恐后地游到我跟前，视我为至亲。人是有感情的，动物、植物亦是。在哑巴店的园林里，我懂得了万物间的信赖与共生，比如小黄狗、小刺猬、野兔和鱼儿。但到最后小黄狗被人偷走了，小刺猬被拖拉机轧死了，野兔越猎越少，鱼儿也被一场暴雨冲散了。在哑巴店，令人忧伤的故事远不止这些。我跟它们一起守望四季，最后只剩下我一个人。

在接下来的日子里，它们的影子还时常陪伴着我，我很珍惜这样的缘分。因为它们，我拉下了面罩，固守着本真。这与我在五谷庙的成长有着相似的经历。

五谷庙也是一个地名，那里不光有座五谷庙，也是我的故乡。在五谷庙，我可以向一切事物致敬。我不仅要向稻子致敬，向麦子致敬，向殿堂和棺木致敬，也要向稗子致敬，向蚂蟥致敬，向蠓虫和水蛇致敬……我是在它们的陪伴下不断成长起来的。就这样，我把五谷庙的基因带到了哑巴店，又把哑巴店的基因带回到五谷庙，最后合成为现在的我。如今，这两个地名相互牵挂着，成为我的诗歌表达的精神内核之一。

我很想结束这种牵挂，因为有很多的挣扎和不甘困扰着我。

当我坐在高铁上看到山川不断逝去又不断涌来时，当我在开垦园林的挖机之间上蹿下跳时，当我在寺庙看见明亮的烛火和虔诚的朝拜时，当我穿过脚手架去工地交付广告物料时……我感觉我是虚弱的。我的日子异常朴素，我的形影十分孤寂。其实，我很反对这样的状态。我一直在努力。

出版这本小诗集，算是一个阶段的总结。特别要感谢我的家人对我爱诗的理解和支持。这么多年以来，没有哪一个反对过我写诗，我觉得这是我今生最大的幸福。同时，更要感谢一直以来关心、关注、支持我的师友们，谢谢你们的鞭策和鼓励。

我还会一直写下去。

许洁

二○二四年八月四日于合肥